Y LLIWIAU I GYD

Y Lliwiau i Gyd

Stori Betty Campbell

gan Casia Wiliam

Lluniau gan Lewis Campbell

Gwasg Carreg Gwalch

Argraffiad cyntaf: 2024

ⓗ testun: Casia Wiliam
ⓗ lluniau: Lewis Campbell

Cedwir pob hawl.
Ni chaniateir atgynhyrchu unrhyw ran o'r cyhoeddiad hwn,
na'i gadw mewn cyfundrefn adferadwy, na'i drosglwyddo
mewn unrhyw ddull na thrwy unrhyw gyfrwng, electronig, electrostatig,
tâp magnetig, mecanyddol, ffotogopïo, recordio, nac fel arall,
heb ganiatâd ymlaen llaw gan y cyhoeddwyr, Gwasg Carreg Gwalch,
12 Iard yr Orsaf, Llanrwst, Dyffryn Conwy, Cymru LL26 0EH.

ISBN: 978-1-84527-949-3
ISBN elyfr: 978-1-84524-613-6

Cyhoeddwyd gyda chymorth Cyngor Llyfrau Cymru

Dylunio'r clawr: Eleri Owen
Darlun y clawr a'r lluniau tu mewn: Lewis Campbell

Cyhoeddwyd gan Wasg Carreg Gwalch,
12 Iard yr Orsaf, Llanrwst, Dyffryn Conwy, Cymru LL26 0EH.
Ffôn: 01492 642031
e-bost: llyfrau@carreg-gwalch.cymru
lle ar y we: www.carreg-gwalch.cymru

Argraffwyd a chyhoeddwyd yng Nghymru

Cyflwyniad gan y teulu

I ni, Mam oedd Betty Campbell. Roedd hi'n garedig, yn ddoniol, yn weithgar ac yn benderfynol. Ond wrth gwrs, yn y gymuned ehangach, ac yn yr ysgolion y bu hi'n dysgu ynddynt, roedd hi'n llawer o bethau i lawer o bobl. Roedd hi'n athrawes a phennaeth ysbrydoledig, wrth ei bodd yn cefnogi plant i ddarllen ac i feddwl, i fod yn feiddgar ac uchelgeisiol am eu dyfodol. Roedd hi'n ffrind ffyddlon, yn gymydog dibynadwy ac yn gynghorydd penderfynol. Roedd hi'n deithiwr brwd hefyd; ar adeg pan nad oedd mynd dramor yn beth cyffredin byddai'n cynllunio teithiau i ni fel teulu, a hefyd i ffrindiau, cymdogion a'r plant ysgol yr oedd hi'n eu dysgu.

Credwn y byddai'n hynod falch bod modd nawr i blant ledled Cymru ddarllen hanes ei bywyd, gan obeithio y byddant yn cael eu hysbrydoli i ddilyn ei hesiampl drwy ddysgu am ei gilydd, a dathlu ein gwlad amrywiol a'i phobl.

Elaine, Anthony, Simon, a Stuart

Gair gan yr awdur

Nofel sy'n gweu ffaith a ffuglen yw hon. Mae'n adrodd hanes bywyd rhyfeddol Betty Campbell, y brifathrawes ddu gyntaf yng Nghymru. Tra bod y stori wedi ei seilio ar wirionedd a digwyddiadau o'r cyfnod pan oedd Betty'n blentyn ym Mae Teigr, mae llawer o'r cymeriadau a'r digwyddiadau wedi eu creu, er mwyn rhoi cnawd ar asgwrn y stori.

Gwn hefyd fod nifer fawr o gymeriadau arbennig eraill yn byw yn ardal y dociau yng Nghaerdydd yn yr un cyfnod â Betty, a nifer ohonynt yr un mor eangfrydig a dylanwadol o fewn y gymuned. Braf fyddai gallu cynnwys ychydig o hanes pob un ohonynt, ond petai hynny'n rhan o'r bwriad mae'n beryg na fyddwn i byth wedi gorffen! Felly hanes Betty yn unig sydd rhwng y cloriau hyn. Gobeithio y caf faddeuant gan unrhyw un sy'n chwilio am berson neu ddigwyddiad penodol yn y llyfr hwn, a heb ddod o hyd iddynt. Rwy'n mawr obeithio hefyd y bydd unrhyw un oedd yn adnabod Betty – Mrs Campbell – yn teimlo bod y nofel hon yn deyrnged deg a thriw i'w chymeriad.

Hoffwn ddiolch i Wasg Carreg Gwalch am fy nghomisiynu i ysgrifennu'r nofel hon. Diolch hefyd i Ali Yassine, yr ymgynghorydd diwylliannol, am ei gyngor manwl a goflaus bob amser. Diolch o galon yn ogystal i'r teulu am roi sêl eu bendith i mi adrodd stori Betty, ac am rannu eu hatgofion niferus. Dyna ddynes a hanner oedd hi! Os hoffech chi ddysgu rhagor am Betty a'i gwaith diflino fel athrawes a phrifathrawes oedd yn annog addysg amlddiwylliannol, neu am hanes dociau Caerdydd a Bae Teigr, ewch i gefn y llyfr i weld rhestr o rai o'r gwefannau, fideos a llyfrau fu'n gymorth i mi wrth ysgrifennu'r nofel hon.

    Gyda hynny o eiriau, dyma ddechrau'r stori.

Casia Wiliam

Pennod 1
Criced ac Eisteddfod

"Ti'n barod?" gwaeddodd Hugh ar dop ei lais, wrth i fan swnllyd ruo heibio a rhyddhau cwmwl o fwg llwyd, trwchus.

Cyn i Ali gael cyfle i ateb roedd ei ffrind wedi dechrau rhedeg, gan droelli a throelli ei fraich mor gyflym ac y gallai cyn rhyddhau'r bêl fach, goch dros ei ysgwydd gyda'i holl nerth.

Roedd Ali *yn* barod. Safodd â'i goesau ar led, yn union fel roedd ei frawd mawr wedi dangos iddo, a thynnodd y bat criced trwy'r aer yn llyfn. Trawodd y bêl ar yr union ongl gywir a gyda'r union gryfder cywir, nes ei bod yn hedfan trwy'r awyr.

"Waw!"

"Ali!"

"Roedd hynna'n anhygoel!"

Daeth y ganmoliaeth o bob cyfeiriad wrth i'r plant i gyd sefyll yn stond i wylio'r bêl yn saethu fel seren wib, ond rhewodd amser wrth i Ali sylwi bod y smotyn coch yn hedfan yn syth tuag at ffenest un o dai crand y stryd. Safodd fel delw yn aros i glywed y glec.

Daliodd pawb eu gwynt wrth wylio'r bêl yn plymio'n ddidrafferth trwy'r gwydr gan adael twll mawr blêr ar ei hôl.

"Beth ar wyneb y ddaear?" bloeddiodd llais cras, dwfn o'r ochr arall i'r twll.

"Dewch! O 'ma, glou!" gwichiodd Hugh, oedd wedi hen arfer â bod yn ddrygionus. Byddai'n rhedeg nerth ei draed pan fyddai unrhyw beryg o gael ei ddal gan riant, yncl neu anti – ac roedd un o'r rheiny rownd pob cornel yn y dociau. Cododd Ali ei fat a rhedeg fel cath i gythraul, yn ymfalchïo'n dawel yn ei ergyd, er gwaetha'r canlyniad anffodus.

Sgrialodd y plant tua'r ysgol, eu chwerthin a'u sgwrsio'n codi i'r awyr fel y stêm oedd yn codi'n araf o'r llong fawr oedd wedi docio yn y bae'r bore hwnnw.

Safai Mrs Campbell wrth giatiau'r ysgol yn gwylio'r cwbl. Ysgydwodd ei phen a gwneud nodyn o enwau'r pechaduriaid; byddai'n cael gair gyda'r ddau yn nes ymlaen. Caeodd ei llygaid a theimlo gwres yr haul ar ei hwyneb am eiliad cyn dechrau ar ddiwrnod arall o ddysgu. Wrth i'r dyddiau ymestyn a chynhesu fel hyn roedd y boreau'n teimlo'n llawn gobaith a phosibilrwydd. Gwenodd. Hyd yn oed â'i llygaid ynghau gallai adnabod pob un o'r synau o'i chwmpas: mamau yn gwthio coetsys ac yn dweud wrth eu plant am beidio loetran; ambell fabi'n crio ac ambell un yn parablu'n hapus; dynion yn pwyso ar waliau ac yn cwyno am hyn a'r llall; trên yn tynnu i mewn i'r orsaf; cri'r gwylanod. Roedd y synau hyn mor gyfarwydd iddi â lleisiau ei phlant ei hun.

"Bore da, Mrs Campbell."

"Bore da," atebodd, gan agor ei llygaid eto a gwylio'i disgyblion yn llifo tua'r ysgol o bob cyfeiriad; yn ddu, yn frown ac yn wyn, hijab, plethen, bag ysgol mewn llaw neu dros ysgwydd. Y byd i gyd ar un buarth. Safodd hi'n gefnsyth wrth iddyn nhw gerdded, rhedeg a sgipio heibio. Yng nghanol y bwrlwm sylwodd ar un bachgen bach oedd yn llusgo ei draed, ac yn rhoi mwy o sylw i'r palmant na'r byd o'i gwmpas.

Yasir oedd hwn. Meddyliodd Mrs Campbell am eiliad. Ia, Yasir Hassan, yr ieuengaf o bedwar o blant. Un o Somalia oedd ei dad, wedi dod yma i weithio yn y dociau yn y pumdegau ond bellach yn ddi-waith, fel cymaint o ddynion yr ardal.

"Tyrd yma, Yasir," galwodd Mrs Campbell.

Llwyddodd llais awdurdodol y brifathrawes i ddeffro'r bachgen o'i freuddwyd. Cododd ei ben yn sydyn a cherdded draw ati.

"Bore da, Mrs Campbell," meddai'n gwrtais ond yn dawel.

Edrychodd Mrs Campbell arno eto. "Be sy'n bod, Yasir?" gofynnodd, a sŵn cloch yr ysgol yn canu tu ôl iddi. Naw o'r gloch.

"Dim byd, Mrs Campbell," meddai, a chododd ei ben gan roi gwên fach i geisio ei hargyhoeddi, ond doedd y wên ddim yn cyrraedd ei lygaid. Ffrae gydag un o'i frodyr neu chwiorydd, siŵr o fod, meddyliodd y brifathrawes – neu ei dad wedi gorfod codi llais.

"Wel, os wyt ti'n siŵr ... i ffwrdd â ti nawr, a phaid â llusgo dy esgidiau wrth gerdded – mae dy rieni wedi talu pres da am y rheina."

Edrychodd Betty dros ei hysgwydd rhag ofn bod

ambell blentyn arall yn hwyr, cyn troi a dilyn Yasir i mewn i'r ysgol, yn barod am wers gynta'r bore.

* * *

Er mai Saesneg oedd prif iaith yr ysgol, un o hoff bethau prifathrawes Ysgol Mount Stuart oedd cerdded i mewn i'r dosbarth a chlywed y plant yn sgwrsio yn eu hieithoedd eu hunain, gan ymdawelu wrth iddi hi gyrraedd pen blaen yr ystafell. Roedd y cytseiniaid a'r llafariaid amrywiol yn plethu i greu un symffoni liwgar, gyda chwerthin a thynnu coes yn amlwg ym mhob iaith.

"Naw o'r gloch – mae'n amser setlo. Bore da, bawb."

"Bore da, Mrs Campbell," atebodd pawb yn eu Saesneg gorau, gan eistedd yn gefnsyth. Doedd dim gwingo na chwarae'n wirion o dan lygad barcud yr athrawes hon.

"Reit, dewch i ni ddechrau'r wythnos yn y ffordd gywir. Dewch i ni ganu ein hoff gân!"

Gwenodd pawb a neidio ar eu traed yn barod i ganu. I ffwrdd â nhw, pob un yn gwybod y geiriau ar ei gof, a'r plant bron iawn yn bloeddio geiriau'r gytgan:

Mae 'ngwallt i'n ddu a dy wallt di'n felyn,
fy llygaid yn frown a'th rai di'n las fel plu aderyn.

*Does neb yn y byd hwn sy'n union fel fi,
a does neb sydd yn union fel ti.*

*A phe baet ti am beintio llun o holl blant y byd
byddai'n rhaid i ti ddefnyddio y lliwiau i gyd!*

*A phe baet ti am beintio llun o holl blant y byd
byddai'n rhaid i ti ddefnyddio y lliwiau i gyd!*

"Da iawn, bawb! Reit, dewch i eistedd os gwelwch yn dda. Fel y gwyddoch chi, byddwn ni'n cynnal eisteddfod arbennig yn yr ysgol ymhen pythefnos, i ddathlu Dydd Gŵyl Dewi, ac i ddathlu holl amrywiaeth ein diwylliannau ni i gyd. Nawr, pwy sy'n cofio pwy oedd Dewi Sant?"

Saethodd nifer o ddwylo i'r awyr, pob un yn eiddgar i blesio'r athrawes.

"Ia, Isa?"

"Nawddsant Cymru," atebodd Isa'n falch, a nodiodd Mrs Campbell.

"Ia wir, da iawn ti, a phwy sy'n cofio beth ydy eisteddfod?"

Saethodd y dwylo yn ôl i'r awyr.

"Siân?"

"Traddodiad Cymreig yw e, Mrs Campbell, lle mae

pawb yn *gorfod* perfformio o flaen pawb arall."

Gwenodd Mrs Campbell wrth glywed y disgrifiad; yn amlwg doedd perfformio ddim at ddant pawb.

"Ie, da iawn, Siân. Mae'r eisteddfod yn rhan bwysig o ddiwylliant Cymru. Mae eisteddfodau bychain yn cael eu cynnal ledled y wlad, ac un eisteddfod fawr – yr Eisteddfod Genedlaethol – yn cael ei chynnal bob haf. Ac ar y cyntaf o Fawrth, Dydd Gŵyl Dewi Sant, byddwn ni'n cynnal eisteddfod arbennig yma hefyd, yn Ysgol Mount Stuart, er mwyn dathlu ein holl draddodiadau arbennig ni."

Cododd un llaw i'r awyr.

"Oes rhaid i fi gymryd rhan, Mrs Campbell? Yemeni ydw i. Dwi ddim yn siarad Cymraeg, a dydw i ddim yn gallu canu chwaith."

Edrychodd Mrs Campbell ar Ahsan a meddwl am eiliad cyn ei ateb. Roedd pob clust yn gwrando ac roedd hon yn wers bwysig.

"Rwyt ti, fel y gweddill ohonan ni, Ahsan, wedi dy eni yma yn y dociau, ym Mae Teigr, yng Nghaerdydd, prifddinas Cymru. Felly wyt, rwyt ti yn Yemeni, ond rwyt ti hefyd yn Gymro." Edrychodd tri deg pâr o lygaid ar yr athrawes. Aeth yn ei blaen.

"Mae'n bosib perthyn i fwy nag un wlad ac etifeddiaeth. Mae'n rhywbeth i fod yn falch ohono.

Dwi'n Gymraes, ac yn falch iawn o hynny, ond mae gen i wreiddiau yn Jamaica, ac Iwerddon a Barbados, felly mae diwylliant y llefydd hyn i gyd yn perthyn i mi hefyd. Gallwn ni i gyd fod yn falch o'n cefndir, a dysgu am gefndiroedd ein gilydd hefyd.

"Rydyn ni mor gyfoethog yma yn Ysgol Mount Stuart. Meddyliwch diflas fyddai bywyd petai pawb ohonon ni'n union yr un fath?"

Bu'n fore prysur wrth iddyn nhw ymarfer at yr eisteddfod. Buon nhw wrthi'n canu anthem genedlaethol Cymru, yn dysgu pennill Cymraeg i'w adrodd, ac yn ymarfer dawnsfeydd o'r Caribî ac o Affrica. Cyn pen dim roedd y gloch yn canu eto i nodi ei bod yn amser chwarae.

Ar ôl cael caniatâd eu hathrawes, allan â'r plant ar ras, yn ysu i gael cicio pêl neu hel cerrig. Cododd Mrs Campbell i fynd i'r ystafell athrawon i wneud paned o goffi, ond wrth iddi gael cip sydyn trwy'r ffenest daliodd un plentyn bach ei llygad. Yasir eto, yn eistedd ar ei ben ei hun bach yng nghornel y buarth, a phwysau'r byd ar ei ysgwyddau. Estynnodd Mrs Campbell am ei chôt. Byddai'n rhaid i'r baned aros.

Pennod 2

Geiriau Cas

Tynnodd Betty ei chôt amdani. Er bod yr haul yn gwenu roedd hi'n dal yn ddigon oer yn y cysgod. Cerddodd heibio'r bechgyn oedd yn chwarae marblis a'r merched oedd yn sgipio gyda rhaff hir. Roedd hi'n dal i gofio geiriau'r penillion sgipio i gyd ers ei dyddiau hi yn yr ysgol; doedd rhai pethau ddim yn newid.

Gwelodd Ali Saleh yn dynwared ei ergyd gyda'r bat criced a chael ei hatgoffa o'r bêl fach goch a'r glec.

"Ali Saleh a Hugh Williams – dewch i fy ystafell i ar ôl yr egwyl."

Disgynnodd ysgwyddau'r ddau a daeth cysgod siom dros eu hwynebau wrth iddyn nhw sylweddoli eu bod wedi cael eu dal wedi'r cwbl. Roedd gan Mrs Campbell lygaid yng nghefn ei phen, mae'n rhaid!

"Yasir Hassan, rwyt ti'n un da iawn am wneud arithmetic ond dwyt ti ddim cystal am ddweud celwydd. Nawr, dwed wrtha i beth sy'n bod," meddai'r brifathrawes, wrth gerdded tuag at y bachgen penisel.

Cododd Yasir ar ei draed a phwyso yn erbyn y wal wrth ochr Mrs Campbell. Syllodd ar y llawr a chicio'r cerrig mân yn ddifeddwl.

"Rhywun ddywedodd rywbeth," meddai o'r diwedd, mewn llais bach, bach.

"Cod dy lais i mi gael dy glywed di, Yasir," meddai Mrs Campbell, gan feddwl tybed faint o lais Yasir oedd yn cael ei glywed yng nghanol bwrlwm llond tŷ gartref. Roedd hi wedi dysgu'i chwaer a'i ddau frawd o'i flaen, y tri yn gymeriadau cryf, siaradus, ond doedd y cyw melyn olaf ddim fel petai'n llathen o'r un brethyn.

"Rhywun ddywedodd rhywbeth cas wrtha i, wrth i mi gerdded i'r ysgol bore 'ma," meddai, yn uwch y tro hwn.

Wrth edrych i lawr arno gallai ei athrawes ddyfalu beth oedd yn dod nesaf. Roedd rhai pethau yn llawer rhy araf yn newid. Teimlodd ysfa i fynd i'w chwrcwd a gafael yn dynn amdano.

"Beth ddywedon nhw wrthat ti?"

"Mam oedd wedi gofyn i mi fynd â pharsel i dŷ Mrs Turner, draw yn Stryd Harrowby. Mae Mam yn trwsio dillad pobl weithiau i gael pres, ac roedd hi wedi trwsio sgert Mrs Turner. Felly es i yno, ac ar y ffordd yn ôl, ar ôl bod â'r sgert i Mrs Turner, dyma fi'n pasio dynes. Dynes grand. Roedd hi'n gwisgo het."

Gwrandawodd Mrs Campbell ar yr hanes heb dorri ar ei draws.

"A dyma hi'n dweud ... wrth i mi basio dyma hi'n dweud, 'Cer o fy ffordd i y ...'" Llyncodd Yasir y dagrau a chicio rhai o'r cerrig mân yn ffyrnig cyn dweud yn glir,

"Cer o fy ffordd i, y mwnci brwnt."

Gwthiodd Mrs Campbell ei dwylo i waelod pocedi ei chôt a llyncu'n galed. Ymarfer tablau oedd ei chynllun gwreiddiol ar gyfer y wers nesaf, ond ar ôl clywed hyn, a chan gofio am sylw Ahsan yn gynharach, newidiodd y brifathrawes ei meddwl. Gallai'r wers Mathemateg aros am y tro.

"Gwna ffafr â mi, Yasir," meddai, gan roi llaw gref ar ei ysgwydd. "Cer i'r dosbarth a gwneud lle i bawb eistedd yn y gornel ddarllen. Mae gen i stori i'w dweud wrthoch chi."

Cododd Yasir ei olygon, ei lygaid tywyll yn llawn cwestiynau ond yn gwybod yn well na dechrau holi.

"Iawn, Mrs Campbell," meddai, ac i ffwrdd â fo, gyda swydd i'w chyflawni, ac ychydig mwy o sbonc dan ei draed.

Ar ôl miri cadw'r cotiau a'r hetiau, y peli a'r rhaffau sgipio, daeth pawb i eistedd i'r gornel ddarllen, eu coesau wedi croesi a'u cegau ynghau – meistr da yw chwilfrydedd. Diwedd y dydd fyddai amser stori fel arfer, neu bydden nhw'n cael dod fesul un i'r gornel ddarllen, i ddewis llyfr a darllen yn dawel. Pam roedd Mrs Campbell wedi galw pawb am stori ganol bore, tybed? Ond doedd neb yn cwyno; roedd hyn yn llawer gwell nag ymarfer tabl saith.

"Dwi am ddweud stori wrthoch chi bore 'ma. Stori am ferch fach ydi hi; wel, merch fach oedd hi bryd hynny, beth bynnag. Ac mae'r stori yn dechrau yma yn y dociau."

Saethodd llaw Natasha am y nenfwd. Roedd ganddi gant a mil o gwestiynau bob amser.

"Ia, Natasha?"

"Be oedd enw'r ferch fach, Mrs Campbell?"

Cododd ochrau ceg Betty Campbell y mymryn lleiaf.

"Wel, fe alwn ni hi'n Betty."

Gwenodd rhai o'r plant a piffian chwerthin. Yr un enw â'u prifathrawes nhw!

Gyda hynny, eisteddodd pawb yn gyfforddus i wrando ar stori Betty.

Pennod 3
Direidi yn y Dociau

"Yw Betty gartre?"

Yn yr ystafell ganol yn gorffen ei huwd roedd Betty pan glywodd lais Doris wrth y drws. Brysiodd i grafu gweddillion ei brecwast o waelod y bowlen. Llyfodd ei gwefusau cyn brasgamu i'r gegin gefn a gollwng ei phowlen yn flêr yn y sinc. Byddai ei mam yn siŵr o ddweud rhywbeth am y llanast ond doedd gan Betty ddim amser i boeni am hynny heddiw. Roedd hi'n ddydd Sadwrn.

"Mi fydda i'n dy ddisgwyl di gartre erbyn cinio, Betty," meddai ei mam Nora, gan sgubo'r llawr o flaen y tŷ gyda brwsh bras fel y byddai'n gwneud bob bore. Roedd y drws ffrynt ar agor led y pen, ac o fan hyn roedd modd gweld i mewn i'r tŷ, i lawr i'r gegin ganol a'r bwrdd sgwâr lle byddai'r teulu'n bwyta eu prydau trwy'r flwyddyn, ac eithrio dydd Nadolig, pan fyddent yn bwyta yn y parlwr ffrynt – y parlwr gorau.

"Dwi wedi cael hanner ceiniog gan Mam i brynu

cinio," meddai Doris, gan edrych ar Betty ac estyn y darn arian allan i'w ddangos ar gledr ei llaw, gan wybod yn iawn bod Nora'n gweld ac yn clywed hefyd.

"Cadwa di hwnna'n saff, Doris Ann," meddai Nora, cyn rhoi ochenaid fawr a rhowlio'i llygaid, yna stwffio ei llaw hithau i waelod un o'r pocedi dwfn oedd yn cuddio tu ôl i'w ffedog hir, ddu.

"Dyna ti," meddai, gan roi darn yr un fath yn swta yn llaw ei merch. "Paid â'i wario fo i gyd ar losin, Betty – na tithau, Doris. Mae sawl ceg i'w bwydo acw, nid ar chwarae bach mae dy fam wedi rhoi hanner ceiniog i ti."

"Iawn, Anti Nora. Diolch, Anti Nora," meddai Doris Ann gan wenu'n ddel, ac amneidio ar ei ffrind i frysio cyn i'w mam newid ei meddwl.

"Ta ra, Mam, wela i chi wedyn," meddai Betty, gan afael yn dynn am ganol ei mam am hanner eiliad cyn brysio ar ôl ei ffrind a diflannu lawr y stryd.

"Gartre erbyn swper, a bihafiwch – mi fydda i'n siŵr o glywed os na wnewch chi!" gwaeddodd Nora ar eu holau. Wedi cyrraedd cornel y stryd trodd Betty yn ôl i edrych ond roedd ei mam bellach yn pwyso ar y brwsh llawr ac yn sgwrsio gydag Anti Nel rhif 39.

"Ha, ha, mi weithiodd hynna'n dda!" meddai Doris, gan wenu fel giât ar Betty a dangos ei hun wrth sgipio wysg ei chefn lawr stryd Peel. Fel tŷ Betty, roedd drws ffrynt pob tŷ ar y stryd hon ar agor led y pen, a phawb yn mynd a dod, neu'n eistedd ar gadeiriau o flaen eu tai yn rhoi'r byd yn ei le.

Gwta chwarter milltir o'r fan, roedd y dociau'n ferw o fywyd. Llongau yn aros i gael docio, llongau eraill yn aros i gael eu llenwi â'r glo du oedd fel aur o werthfawr, cyn ei ddosbarthu i bedwar ban byd. Rigwyr yn symud llongau a chychod o gwmpas, craeniau anferth yn symud cargo, a dynion mwstasiog yn ddu gan lwch glo wrthi'n rhawio'r llwyth er mwyn sadio'r llongau.

"Gweles i Henry John ar fy ffordd draw," meddai Doris wedyn, wrth ochrgamu er mwyn gwneud lle i Mr Evans â'i filgwn basio. Roedd y milgwn llwyd yn dal ac yn denau, ac yn edrych mor urddasol i Betty. Byddai bob amser yn ysu am roi ei llaw allan a mwytho cefnau'r cŵn rasio, ond roedd ffrwyn ar eu cegau felly doedd hi erioed wedi mentro, rhag ofn iddyn nhw droi arni.

"O ie, a be oedd gan hwnnw i'w ddweud?" holodd Betty, gan chwarae efo'r hanner ceiniog yn ei phoced. Un o'r bechgyn yn eu dosbarth nhw oedd Henry John. Roedd Doris yn meddwl y byd ohono ond doedd gan Betty fawr o amynedd efo fo. Roedd o wastad yn llawn straeon am bethau anhygoel roedd o wedi eu gwneud, ond doedd Betty ddim yn credu eu hanner nhw.

"Dweud roedd e fod rhai o'r bechgyn mawr am fynd i nofio yn y canál heddiw …"

Roedd Doris wrth ei bodd yng nghwmni bechgyn.

Byddai Betty wastad yn amau mai'r ffaith fod gan Doris bedair chwaer oedd yn gyfrifol am hyn. Doedd hi ei hun ddim yn rhannu'r un chwilfrydedd am fechgyn. Doedden nhw ddim gwahanol i ferched, ond eu bod nhw'n fwy swnllyd ar adegau, ac yn fwy drewllyd.

"Be am i ni fynd draw i'w gweld?" meddai Doris wedyn. "Falle gallwn ni daflu ffardding i'r dŵr ac wedyn bydd rhaid iddyn nhw blymio at wely'r canál i'w nôl hi! Dwi wedi eu gweld nhw'n gwneud hynny o'r blaen."

Symudodd y ddwy'n ddidrafferth trwy fwrlwm y dociau wrth sgwrsio. Bu'n rhaid iddyn nhw neidio i'r ochr i osgoi criw o forwyr oedd yn sgwrsio ar gornel stryd, rhai yn fyr, rhai yn dal, rhai yn ddu, rhai yn frown a rhai yn wyn. Pob un â phapur newydd wedi rowlio dan ei fraich a'r sgwrs yn morio wrth iddynt drafod pris glo a chanlyniad ras geffylau.

"Fe gei di wneud hynny os hoffet ti, ond galla i feddwl am bethau gwell i'w gwneud efo'r arian," atebodd Betty. Roedd ei bryd hi ar losin sugno, neu sglodion, neu hufen iâ hyd yn oed. Ers i'r dyddiau ddechrau ymestyn a chynhesu roedd hi wedi bod yn ysu am hufen iâ ond doedd dim golwg o'r cart a cheffyl oedd yn ei werthu, er bod Henry John yn honni ei fod wedi cael saith hufen iâ yn barod eleni.

"Betty! Doris! Dewch yma, ferched!"

Stopiodd y ddwy yn stond wrth glywed eu henwau, a

throi i weld Anti Mary, mam Gwen, yn edrych arnyn nhw dros ei basged siopa.

"Pa ddrygioni ydych chi'n ei wneud heddiw felly, ferched?" gofynnodd, gan symud y llaeth a'r blawd i gael golwg well ar ffrindiau ei merch.

"O, dim llawer, Anti Mary," meddai Doris mewn llais diniwed. "Ydi Gwen yn dod allan i chwarae?"

Doris oedd yr orau am swyno'r yncls a'r antis; doedd Betty ddim cystal am ffalsio.

"Mae hi ar hyd y lle 'ma yn rhywle," atebodd Anti Mary, gan edrych o'i chwmpas, fel petai'n disgwyl gweld ei merch yn ymddangos unrhyw eiliad. "Mae hi'n gofalu am Noni i mi bore 'ma. Os welwch chi hi, dywedwch 'mod i'n dweud wrthi am ddod adre erbyn cinio. A chithau hefyd, ferched."

Gwelodd Betty fod Doris ar fin agor ei cheg i ddweud am yr hanner ceiniog, ond stwffiodd benelin sydyn yn ystlys ei ffrind.

"Fe wnawn ni, Anti Mary. Hwyl, Anti Mary," meddai Betty, a gyda hynny gafaelodd yn llaw Doris ac i ffwrdd â'r ddwy unwaith eto, gan adael Anti Mary yn ysgwyd ei phen uwch ei basged.

Ar ôl troi'r gornel bu bron iddyn nhw gael eu llorio gan goets babi.

"Gwen! Rydan ni newydd weld dy fam," meddai Betty, wrth ddod draw i edrych ar Noni oedd yn cysgu'n sownd yn y goets. Doedd gan Betty ddim brawd na chwaer, ond doedd hi byth yn teimlo'n unig. Doedd dim prinder cwmni yn y dociau. Rhoddodd law i mewn yn y goets, yn barod i fwytho bochau bach coch y babi blwydd.

"Paid â'i dihuno hi, Betty!" meddai Gwen gan dynnu llawes ei ffrind. "Newydd stopio crio mae hi, a dwi'n gorfod gofalu amdani tan amser cinio." Doedd Gwen ddim yn blês â'r cyfrifoldeb yn amlwg, er ei bod yn gwybod mai swydd y chwaer fawr oedd gwarchod brodyr a chwiorydd bach yn reit aml.

"Ond nawr ei bod hi'n cysgu ..." meddai Doris, gyda direidi lond ei llais, "gawn ni fynd i chwarae rasio gyda hi?"

"Cawn! Dewch!" meddai Gwen. I ffwrdd â'r tair i sgwâr Loudoun i gymryd tro fesul un i chwarae rasio'r goets. Bydden nhw'n gwthio'r goets mor gyflym â phosib, ac ar ôl iddi godi stêm bydden nhw'n neidio arni a chael reid trwy'r parc. Pan ddeffrodd Noni toc, roedd hi'n mynd ar gymaint o wib wnaeth hi ddim crio yr un deigryn, dim ond syllu'n syn o berfeddion y blancedi. Sôn am chwerthin!

Aeth y bechgyn mawr a'r canál yn angof y diwrnod hwnnw, ond doedd dim ots gan Doris. Cyn pen dim byddai gwyliau'r haf i gyd o'u blaenau, a rhyddid y dyddiau mor felys â hufen iâ.

Pennod 4

Cyfrinachau'r Canál

Eisteddai'r disgyblion yn dawel, eu coesau wedi croesi a'u dwylo wedi eu gosod yn dwt ar eu penpliniau. Roedd eu prifathrawes yn un dda am ddweud stori, ac roedd y stori hon wedi eu swyno.

"Oes yna fwy o'r stori, Mrs Campbell? Gawn ni fwy?" holodd Natasha, oedd wastad yn barod i siarad ar ran y dosbarth.

"O'r gorau," meddai'r brifathrawes, yn falch o weld bod y stori'n cydio. Edrychodd ar yr wynebau bach oedd yn gwrando ar bob gair, cyn ailafael yn yr hanes.

* * *

Roedd stumog Betty'n chwyrnu fel injan un o'r ceir mawr crand fyddai'n pydru mynd i lawr Stryd Bute. Roedd arogl bendigedig wedi bod yn codi drwy'r tŷ ers ben bore, ac erbyn hyn roedd hi'n llwgu.

"Dere i eistedd fan hyn, Betty fach," meddai Simon, tad Betty, gan godi ei ferch ar ei lin i'w ddiddanu nes bod y bwyd yn barod.

"Beth wyt ti wedi ei ddysgu yn yr ysgol 'na yn ddiweddar?"

Anadlodd Betty'n ddwfn, gan geisio arogli ei thad yn hytrach na'r cinio. Ei farf, ei siaced, ei wallt. Arogl mwg, ac olew a sebon; y sebon fel petai'n gwneud ei orau i foddi'r ddau arogl arall, ond yn methu. Ceisiodd gofio'r arogl a'i gadw'n saff.

"Mathemateg," atebodd, gan drio peidio gwingo er mwyn cael aros ar ei lin. Byddai misoedd maith yn mynd heibio pan fyddai ei gadair yn wag. "Rydan ni wedi dechrau rhannu a lluosi." Gwyddai y byddai ei thad yn falch o hynny; roedd o'n gredwr cryf mewn mathemateg.

"Go dda, ferch," meddai, gan stwffio tybaco mewn i'w getyn cyn ei danio. Roedd ei git-bag morwr gorlawn yn dal wrth ei draed ger y gadair, fel petai newydd gerdded i mewn trwy'r drws.

"Dweud ti wrtha i nawr 'te, beth yw chwech lluosi efo saith?"

"Pedwar deg dau!" atebodd Betty mewn chwinciad, gan wenu a rhoi ei braich am wddw mawr cryf ei thad.

Daeth Nora i mewn a dechrau gosod dysglau ar y bwrdd.

"Yw'r hogan yma ddim braidd yn hen i eistedd ar dy lin di, Simon?" gofynnodd, gan wenu wrth hanner dwrdio ei gŵr.

"Twt lol," meddai Simon, gan dynnu ar ei getyn. "Fydd hi byth yn rhy hen i gael cwtsh gyda'i thad, siŵr."

Yn ei chalon gwyddai Betty ei hun ei bod braidd yn hen, ond fel llawer un oedd â thad ar y môr, roedd hi'n lled-addoli Simon, ac yn bachu ar unrhyw gyfle yn ei gwmni.

"Wyth deg un rhannu gyda naw," meddai wedyn, gan weld yr olwynion yn troi ym mhen ei ferch. Un siarp fuodd hi erioed.

"Naw!" atebodd honno fel fflach, ond cyn iddo fedru rhoi her arall iddi daeth sŵn wrth y drws.

"Dewch i mewn, dewch i mewn," meddai Nora, wrth groesawu'r antis a'r yncls a'r cefndryd i'r tŷ yn un haid. Fel hyn roedd hi yn y dociau; roedd hyd yn oed teulu bach, fel teulu Betty, yn gallu troi'n deulu mawr mewn chwinciad.

Estynnodd pawb am gadair a hel o amgylch y bwrdd, wrth i Simon a Nora godi bwyd i bawb. Cinio dydd Sul oedd ffefryn Betty – wel, ar ôl sglodion a hufen iâ wrth gwrs. O'i blaen roedd clamp o damaid mawr o gig wedi ei rostio'n araf, tatws wedi eu stwnsio, moron a bresych. Rhoddodd ei thad winc wrth godi tamaid o gig iddi gyda'r croen arno wedi crimpio'n galed. Gwyddai mai dyma hoff damaid Betty.

Cyn pen dim roedd yr oedolion i gyd yn sgwrsio a Betty'n gwrando ar bytiau o'r sgwrs wrth gnoi ei thatws a chig. Roedd y drws ffrynt ar agor a gwyddai heb edrych fod golygfa debyg i'w gweld yn holl dai'r stryd– teuluoedd yn rhannu bwyd a bywyd.

Meiniodd clustiau Betty mwya' sydyn wrth glywed ei chefnder hŷn yn sôn am y canál.

"Ar fy llw, dyna welais i."

"Mwydro mae o," atebodd Anti Annie wedyn, gan dwt-twtio a stwffio llond fforc o foron i'w cheg.

"Na, dwi'n dweud wrthoch chi. Ci Tony rhif 9 oedd e – yn gelain farw! Wedi disgyn i'r dŵr, mae'n siŵr."

Yna edrychodd ar Betty fel petai newydd gofio ei bod hi yno, a thagu ar ei datws.

"Mae'n ddrwg gen i, ddylwn i ddim dweud pethau fel hyn o flaen yr un fach."

"Na, mae'n iawn," atebodd Simon yn siarp. "Mae'n bwysig iddi wybod bod y canál yn beryg. Mae llawer un wedi boddi ... plant hefyd, petha bach. Wyt ti'n clywed, Betty? Cadwa di a dy ffrindiau ddigon pell o'r canál."

Nodiodd Betty'n dawel wrth gnoi ei chig, a siglo'i choesau 'nôl a 'mlaen o dan y gadair, cyn meddwl am ddadl werth ei halen i'w rhoi gerbron ei thad.

"Ond," meddai, gan weld pob pen yn troi tuag ati. "Be am Raddy? Mae o wedi ennill pedair medal aur yn yr Olympics am nofio, a lle wnaeth o ddysgu nofio? Yn y canál!"

Chwarddodd cefnder Betty a tharo ei ddwrn ar y bwrdd.

"Wel, mae'r ferch yn gwneud pwynt dilys, chwarae teg

iddi! Paolo Radmilovic. Dyna i chi nofiwr, ac yn un o'n pobl ni hefyd, o'r dociau. Y cyntaf – meddyliwch! Y cyntaf erioed i gystadlu dros Brydain mewn pump o gemau Olympaidd. Ac yntau wedi ei fagu dafliad carreg o fan hyn, a'i rieni'n dal yn y Glastonbury Arms yn tynnu peintiau!"

Chwarddodd pawb gan ddechrau sgwrsio am lwyddiant ysgubol y nofiwr o'r dociau oedd o dras Croataidd a Gwyddelig, ond doedd Simon ddim am ymuno yn yr hwyl. Roedd yn dal i gofio'r olwg ar wyneb ffrind da iddo, dros ddegawd yn ôl, wrth i rywun dorri'r newydd iddo fod ei fab wedi boddi yn y canál.

"Roedd pethau'n wahanol yr adeg hynny," meddai'n gadarn. "Beth bynnag am lwyddiant Raddy, dwyt ti ddim i fynd ar gyfyl y canál, Betty, a dyna ddiwedd arni."

Y noson honno methai Betty'n glir â chysgu. Bob tro y caeai ei llygaid gwelai lun yn ei phen o'r ci druan yn arnofio yn nŵr brwnt y canál. Bu'n rhaid i'w mam ei deffro'r bore wedyn, gan ddweud wrthi am frysio neu byddai'n hwyr i'r ysgol.

"Bwyta nawr, Betty, yn glou. Mae gen i lond trol o waith i'w wneud heddiw," meddai Nora, oedd wrthi'n dechrau cael trefn ar bentyrrau o ddillad. Dydd Llun oedd diwrnod golchi.

"Ble mae Dad?" holodd Betty, wrth sylwi ar ei gadair wag.

"Mae e wedi cael hanes gwaith ar long sydd wedi docio bore 'ma. Daeth Raymond i'r drws ben bore i ddweud wrtho. Mae'r ddau wedi mynd lawr gyda'i gilydd i weld beth yw beth."

"Ond newydd gyrraedd adre mae e, Mam," meddai Betty, gan deimlo'r bara menyn yn mynd yn un slwtsh yn ei cheg wrth feddwl am ei thad yn gadael eto. Unwaith y byddai wedi mynd byddai hi'n iawn, ac yn arfer eto mewn dim, ond pan oedd gartref roedd y syniad o'i weld yn codi pac eto yn torri ei chalon fymryn bach bob tro.

"Dwi'n gwybod, Betty fach," meddai Nora, gan roi'r tegell i ferwi ar y tân a dod i eistedd gyda'i merch am eiliad. "Ond morwr yw dy dad, ac ar y môr mae morwyr i fod. Heb dy dad a'r morwyr eraill fyddai pobl ddim yn cael bwyd, olew a glo. Sut fyddai hi ar bawb wedyn?"

Wrth ddweud hyn cadwodd Nora ei chyfrinach yn saff o dan ei chap. Y bore hwnnw roedd Simon wedi dweud mai hon fyddai ei fordaith olaf. Gartref roedd o eisiau bod, efo'i ferched.

Cododd Betty ar ei thraed a chychwyn am y stryd, ond stopiodd am eiliad i grafu'i choesau.

"Betty Johnson, rho'r gorau i grafu dy goesau!" gwaeddodd ei mam, oedd â llygaid yng nghefn ei phen.

"Ond mae'r sanau yma'n cosi fel cant o chwain!" cwynodd Betty yn bowld, a brasgamu am y stryd yn reit sydyn cyn cael pregeth arall am ateb yn ôl.

Ymhen munudau roedd hi wedi ymuno â chriw oedd yn cerdded tua'r ysgol, a dechreuodd pawb sgwrsio pymtheg y dwsin, gan ffeirio straeon y penwythnos.

"Edrychwch ar fy marblis newydd i," meddai Yusef, gan ddangos y peli bach gloyw oedd yn disgleirio yn ei ddwylo du.

"Ooo, lle gest ti'r rheina?" holodd sawl un yn eiddigeddus. Esboniodd Yusef fod ei frawd mawr wedi gaddo'r marblis iddo petai'n ei helpu i sleifio allan trwy'r ffenest gyda'r nos i fynd i weld ei gariad, a dweud wrth eu rhieni ei fod yn cysgu, tasan nhw'n dod i chwilio amdano. Roedd llygaid pawb fel marblis mawr wrth wrando ar yr hanes!

Yn sydyn, cofiodd Betty fod ganddi hithau stori werth ei rhannu.

"Glywsoch chi be ddaeth i'r golwg yn y canál ddoe?" sibrydodd, gan ddenu sylw ei ffrindiau'n syth. Ac ar ôl gwneud ei gorau drwy'r nos i geisio anghofio am y ci marw yn y dŵr, dyna lle'r oedd hi'n adrodd y stori wrthyn nhw gan ychwanegu manylion afiach, nes bod pawb yn sgrechian a gwichian, a hithau'n seren y sioe. Erbyn iddi gyrraedd yr ysgol roedd wedi anghofio pob dim am ei thad, a'r fordaith bosib oedd ar y gorwel.

Pennod 5

Gwersi Nofio a Gwisgoedd

"Reit 'ta, symudwch eich cadeiriau i gefn y dosbarth."

Wrth glywed y geiriau hyn gwyddai Betty a gweddill y dosbarth beth fyddai'n digwydd nesaf. Gwersi nofio. Llenwodd yr ystafell â sŵn aflafar wrth i bawb lusgo eu cadeiriau yn bendramwnwgl o'r ffordd cyn dychwelyd i sefyll wrth eu desgiau fesul dau neu ddwy.

"Iawn, ar eich boliau!" gwaeddodd Miss Harris ar dop ei llais. Er ei bod yn ddynes fach, roedd ganddi glamp o lais, a fyddai neb yn meiddio dadlau â hi. Fesul un, gyda'r plant mawr yn rhoi help llaw i rai o'r plant lleiaf, neidiodd neu ddringodd pawb i fyny a gorwedd ar eu boliau ar eu desgiau.

"Nofiwch fel llyffantod!" gwaeddodd Miss Harris wedyn, a dechreuodd Betty, Doris, Gwen, Henry John a phawb arall symud eu breichiau a'u coesau fel llyffantod – neu fel yr oedden nhw'n dychmygu roedd llyffantod yn ei wneud, beth bynnag. Doedd yr un ohonyn nhw wedi gweld llyffant go iawn. Roedd tipyn gwell siawns o weld llygoden fawr yn y dociau na llyffant.

"A pheidiwch anghofio anadlu!" Yn amlwg roedd gan Miss Harris dipyn o ddychymyg. Wrth wrando arni'n gweiddi fe fyddech yn taeru bod y dosbarth cyfan dan ddŵr. Pwffiodd y plant eu bochau allan ac anadlu'n swnllyd i gadw eu hathrawes yn hapus, gan wneud eu gorau glas i beidio chwerthin.

Ar ôl y wers nofio roedd hi'n amser chwarae, felly allan â phawb i'r heulwen. Roedd Betty wedi bod yn edrych ymlaen at amser chwarae'r diwrnod hwnnw, gan fod ei thad wedi dod â phêl newydd adref yn anrheg iddi.

Un fach werdd oedd hi. Allan â nhw yn un rhes daclus, cyn tasgu ar draws yr iard fel degau o farblis.

Rhedodd Betty'n syth at y wal lle byddai'r merched yn mynd i chwarae pêl, a rhoi cynnig arni gyda'i phêl newydd. Roedd nifer o wahanol ffyrdd o fownsio'r bêl; ei thaflu at y wal ac yna troi mewn cylch cyn ei dal eto, taflu'r bêl a churo dwylo dair gwaith cyn ei dal, neu – a dyma oedd ffefryn Betty – taflu'r bêl ac yna cyffwrdd y llawr cyn sboncio yn ôl i fyny a'i dal. Roedd hi'n bell i ffwrdd yn ei byd bach ei hun pan glywodd Doris yn galw arni.

"Betty! Betty! Plis?"

"Plis be?" gofynnodd braidd yn ddiamynedd a hithau ar ganol gêm.

"Gawn ni ddefnyddio dy bêl newydd di i chwarae *Queenie O Ko Ko*? Plis?"

Edrychodd Betty ar ei ffrind oedd yn gwenu'n ddel arni. Rowliodd ei llygaid.

"Iawn, o'r gorau, ond *fi* yw Queenie gynta."

"Iawn. Dewch, mae Betty wedi dweud ein bod ni'n cael!" gwaeddodd Doris, ac ar y gair rhedodd fflyd o blant draw i ymuno â'r gêm. Yn amlwg, Doris oedd wedi cael ei hanfon fel negesydd.

Safodd pawb mewn un rhes, a safodd Betty ychydig gamau o'u blaen, â'i chefn atyn nhw. Ar ôl cyfri i dri, taflodd Betty ei phêl fach werdd dros ei phen.

Hedfanodd y bêl drwy'r awyr, ac er i bawb geisio ei dal, glaniodd y bêl ar y llawr gyda bowns, ac yna gafaelodd Doris ynddi'n sydyn a'i chuddio tu ôl i'w chefn.

"Dere i chwilio *Queenie*!" meddai Gwen, felly trodd Betty a cherdded at y rhesiad o blant, gan geisio dyfalu p'run oedd yn cuddio'r bêl. Roedd pawb wedi closio at ei gilydd â'u dwylo tu ôl i'w cefnau, felly gwyddai Betty'n iawn eu bod yn gwneud yr hen dric o basio'r bêl o ddwylo'r naill i'r llall.

"Henry John!" galwodd Betty'n sydyn, yn ffyddiog mai Henry oedd yn dal y bêl. Ond dangosodd Henry ei ddwy law iddi'n ddiniwed, cyn gwenu'n slei.

"Tony!" meddai Betty wedyn, wrth sylwi bod braich y bachgen bach yn symud.

"Wedi fy nal!" meddai Tony, gan ddal ei lawes allan nes i'r bêl fach werdd rowlio allan ohoni ac i'w law!

"Iawn, fy nhro i nawr!" meddai Tony, ond cyn iddo gael tro ar fod yn *Queenie* dyna'r gloch yn canu. Doedd amser chwarae byth yn ddigon hir.

Ar ôl dychwelyd i'r dosbarth, doedd dim mwy o wersi nofio, ond yn hytrach trodd y sgwrs at ddillad a gwisgoedd.

"Oes unrhyw un yn gwybod beth yw'r wisg hon?" gofynnodd Miss Harris i'r plant. Doedd Miss Harris yn bendant ddim yn arlunydd, ond roedd y llun ar y bwrdd du yn ddigon da a chododd dros hanner plant y dosbarth eu dwylo, Betty yn eu plith.

"Ia, Betty?"

Am eiliad meddyliodd Betty ei bod am disian dros y dosbarth wrth i gwmwl o sialc gwyn ddawnsio o dan ei thrwyn ar ôl i'r athrawes fod yn darlunio, ond pasiodd yr ysfa a llwyddodd i ateb.

"Y wisg draddodiadol Gymreig," meddai, yn ffyddiog ei bod yn gywir. Gwyddai heb edrych y byddai Doris yn rowlio ei llygaid drws nesaf iddi. Er eu bod yn ffrindiau gorau, roedd Doris yn methu'n glir â deall pam roedd Betty mor hoff o'r ysgol. Byddai'n llawer gwell ganddi hi dreulio ei dyddiau'n crwydro'r dociau, yn sgwrsio gyda hwn a'r llall ac yn chwarae gemau, nag yn dysgu ffeithiau yn yr ysgol. Wedi dweud hynny, roedd hi'n falch o gael Betty'n gymdoges pan ddeuai diwrnod prawf, a hithau'n cael taflu golwg ar atebion ei ffrind.

"Ia, da iawn, Betty," meddai Miss Harris, cyn mynd yn ei blaen i esbonio mai dyma oedd merched yn arfer ei wisgo yng nghefn gwlad Cymru, ond eu bod bellach yn gwisgo hyn ar Ddydd Gŵyl Dewi Sant.

"Mae gen i wisg draddodiadol fy hun," meddai Fatima yn sydyn, gan sythu yn ei chadair.

"O, dwed fwy wrthon ni, Fatima," meddai Miss Harris, oedd, er gwaethaf ei harferion llym, bob amser yn annog y plant i rannu yn y dosbarth.

Aeth Fatima yn ei blaen i esbonio bod ei rhieni hi yn dod yn wreiddiol o'r Aifft, ac felly bod ganddi hirwisg draddodiadol Eifftaidd. Ffrog laes, biws gyda phwythau a patrymau aur arni. Cyn i Fatima orffen ei brawddeg, bron â bod, roedd Chen wedi rhoi ei llaw hithau yn yr awyr.

"Ie, Chen?" holodd Miss Harris yn amyneddgar.

"Mae gen i wisg draddodiadol hefyd," meddai Chen, gan edrych o amgylch y dosbarth. "Ffrog hir goch o sidan ydi hi, gyda darnau o aur wedi eu pwytho mewn i'r llewys," esboniodd, â balchder lond ei llais. "Ac mae gen i ddwy freichled aur hefyd. Bydda i'n gwisgo un ar bob garddwrn gyda fy ffrog ar ddiwrnodau sy'n arbennig i ni fel teulu Tsieineaidd."

Diflannodd y prynhawn wrth i bawb gael cyfle i siarad am wisg draddodiadol eu teulu nhw, ac yna rhoddodd Miss Harris ddarn o bapur a phensel i bawb gael tynnu lluniau'r gwisgoedd. Roedd pawb i'w gweld wedi mwynhau'r wers, ar wahân i Doris oedd yn cwyno am ei bod hi'n gweld y wisg draddodiadol Gymreig ychydig yn ddiflas o'i chymharu â rhai lliwgar ei ffrindiau. Ar y ffordd adref rhoddodd Betty gyfle i Doris chwarae gyda'i phêl fach werdd newydd, er mwyn gwneud iddi deimlo'n well.

Pennod 6

Duw a'r Pot Mêl

"Mae'n swnio'n eitha tebyg i'n hysgol ni, Mrs Campbell," meddai Bronwen, gan edrych yn graff o gil ei llygaid.

"Wel ydi, rwyt ti'n iawn," atebodd yr athrawes, cyn taro llygad ar y cloc a sylwi ei bod yn amser cinio.

"O na, plis gawn ni glywed mwy o'r stori gyntaf?" gofynnodd Yasir, oedd yn eistedd reit wrth draed ei athrawes.

"Cinio gyntaf, stori wedyn," atebodd, gan roi llaw ysgafn ar ei ben. Ond cyn bod y gloch wedi canu i nodi diwedd amser cinio, roedd y plant i gyd yn ôl yn y gornel ddarllen, yn aros yn eiddgar am ragor o'r hanes.

* * *

Dydd Sul oedd hi, ac roedd mam Betty wrthi'n twtio ffrog ei merch cyn i'r tri ohonyn nhw gychwyn am yr eglwys. Unwaith yr oedd Nora'n fodlon fod Betty'n ddigon taclus, i ffwrdd â nhw, ac wrth gerdded rhwng ei mam a'i thad ac agosáu at yr adeilad mawr oedd gwta ddwy stryd o'u cartref, darllenodd Betty yr arwydd mawr, fel y byddai bob amser yn ei wneud – Eglwys y Santes Fair. Yn glamp o adeilad, gyda thriongl yn y canol, a dau dŵr tal y naill ochr iddo, gallai Betty ddeall pam y byddai Duw wedi dewis byw mewn lle fel hyn. Roedd o'n dipyn crandiach na'u tŷ nhw.

Gwelodd sawl un o'i chymdogion yn ymlwybro am yr eglwys hefyd, a chododd law ar nifer o'i ffrindiau oedd yn Foslemiaid wrth iddyn nhw gerdded i'r cyfeiriad arall i'r mosg. Lwcus iawn bod Duw yn hollalluog ac yn gallu bod ym mhob man, meddyliodd, neu byddai'n cael andros o drafferth bod yn yr eglwys a'r mosg a'r eglwys Gymreig a'r eglwys Roegaidd oedd yn y dociau, i gyd ar yr un pryd.

Eisteddodd Betty rhwng ei rhieni yn yr eglwys, gan wrando weithiau, a hel meddyliau dro arall. Ar ei fordaith ddiwethaf, roedd ei thad wedi dod â llyfr adref yn anrheg iddi. Llyfr Saesneg oedd o, yn adrodd hanes plant o ddau deulu a'u hanturiaethau yn ystod un gwyliau haf, ac roedd Betty newydd gyrraedd rhan gyffrous iawn o'r stori. Er ei bod yn trio ei gorau glas i wrando ar bregeth y gweinidog, allai hi ddim peidio â phoeni tybed beth fyddai'n digwydd nesaf i John, Susan, Titty a Roger.

Brysiodd adref ar ôl y gwasanaeth er mwyn cael gorffen y llyfr, ac er bod Doris wedi dod i chwilio amdani roedd Betty wedi dweud y byddai'n dod allan i chwarae fory, gymaint roedd hi'n ysu i gael gwybod sut byddai'r stori'n gorffen.

Y bore wedyn, a hithau'n fodlon bod y plant i gyd wedi llwyddo i groesi'r llyn yn saff ac wedi dod o hyd i'r gist goll, llyncodd ei brecwast a diflannu o'r tŷ gan mai heddiw oedd un o ddyddiau gorau'r flwyddyn; diwrnod cyntaf gwyliau'r haf.

"Betty, aros lle'r wyt ti am eiliad, ferch," meddai ei mam, gan achosi i Betty lithro wrth geisio dod i stop wrth y giât fach oedd o flaen y tŷ.

"Ei di i hôl llaeth i mi? Hanner peint," a gyda hynny rhoddodd ei mam jwg fawr fetel yn llaw ei merch. "A picia draw at y fferyllydd wedyn," meddai, gan godi llaw a chyfarch 'bore da!' ar ambell un oedd yn mynd heibio. "Fe gei di brynu mêl gyda'r newid."

Gwenodd Betty ar ei mam cyn gafael yn dynn yn y jwg a brasgamu i lawr y stryd. Nid yn aml y byddai'n cael mêl, a doedd dim yn curo mêl wedi ei daenu'n drwchus ar damaid o fara menyn.

Cyrhaeddodd Stryd Bute gan sgrialu'n reit sydyn o ffordd y tram, ac ymuno â'r ciw oedd wedi ffurfio wrth ymyl y dyn llaeth. Roedd o'n brysur y bore hwnnw; pawb angen mwy o laeth nag arfer gan fod y plant adref o'r ysgol, mae'n rhaid. O'r diwedd cyrhaeddodd Betty flaen y rhes.

"Faint wyt ti moyn, bach?" gofynnodd y dyn llaeth clên, ac ar ôl i Betty ateb estynnodd am ei fesurydd hanner peint, a'i ollwng i mewn i'r can mawr oedd ar ei gert. Yna ei godi eto a thywallt y llaeth i jwg Betty. Rhoddodd hi'r arian iddo'n ofalus, cyn cerdded draw at y fferyllfa. Safodd am eiliad i syllu ar yr holl jariau gwydr lliwgar oedd yn sefyll yn ddwy res yn ffenest y fferyllfa; roedden nhw mor dlws. Yna i mewn â hi, gan ddwrdio'i hun wrth aros na fyddai wedi nôl y mêl yn gyntaf wrth i'r jwg laeth deimlo'n drymach bob eiliad.

Ar ôl mynd â'r neges adref rhoddodd ei mam ffardding yn ei llaw ac i ffwrdd â hi i chwilio am ei ffrindiau. Fuodd hi ddim yn hir yn dod o hyd iddyn nhw. Roedd rhywun, Henry John siŵr o fod, wedi dod o hyd i ddarn hir o raff, a dyna lle'r oedd criw ohonyn nhw, wedi taflu'r rhaff o gwmpas polyn lamp. Ymunodd Betty yn yr hwyl.

"Iawn, Yusef, mae angen i ti fynd rownd a rownd a rownd nes bod y rhaff yn dynn, iawn?" Gwnaeth Yusef hyn yn ufudd, cyn aros am ragor o gyfarwyddiadau.

"Iawn, a nawr, gafael yn dynn, a swingia'n ôl y ffordd arall!"

Roedd y rhaff wedi ei throelli gymaint nes bod Yusef bron â'i goesau allan yn syth yn yr awyr wrth iddo droi a throi o amgylch y polyn lamp, neu felly roedd o'n edrych i Betty beth bynnag. Chwarddodd a gwichiodd pawb, cyn dechrau gweiddi "fi nesa!" a "fy nhro i nawr!"

O'r diwedd daeth tro Betty, ac er ei bod wedi edrych ymlaen, teimlodd ei stumog yn rhoi tro wrth iddi afael yn y rhaff, yn barod i swingio.

"Ffwrdd â ti, Betty!" meddai Doris ar dop ei llais, ac felly, yn amharod i siomi ei ffrind, gafaelodd Betty yn y rhaff nes ei bod yn swingio trwy'r awyr; ac yn wir, teimlai'n union fel petai hi'n hedfan.

Ar ôl cyrraedd adre'r noson honno, a dweud yr hanes braidd yn rhy onest wrth ei rhieni, bu'r ddau yn ysgwyd eu pennau ac yn dweud mai hen gêm beryg oedd honno, a bod peryg i bolyn lamp dorri rhyw ddiwrnod, ac y byddai damwain fawr.

Penderfynodd Betty anwybyddu eu geiriau duon, gan ganolbwyntio'n hytrach ar ei phwdin blasus o afal wedi stiwio gyda mêl yn un droellen euraid ar ei ben o. Roedd y blas fel ffair yng ngheg Betty; roedd pwdin fel hyn yn beth prin.

Ar ôl swper, aeth y tri yn ôl allan i'r stryd. Cariodd ei mam gadair draw at Anti Nel yn rhif 39 ac eistedd wrth ei hymyl i sgwrsio, tra bod ei thad yn pwyso'n hamddenol ar wal yn sgwrsio gyda John drws nesa, y ddau yn tynnu ar eu cetyn.

Gwelodd Betty fod Gwen a Chan a Fatima yn chwarae gyda rhaff sgipio ym mhen pella'r stryd, felly i ffwrdd â hi i ymuno yn y gêm. Pan ddaeth tro Betty'n sgipio i ben ffeiriodd le gyda Gwen a sefyll yn dal y rhaff. Wrth aros i'r gêm ailddechrau edrychodd Betty o'i chwmpas a gwrando gyda'i chlust a'i chalon. Roedd fel petai pob aderyn yn canu, a phob person yn y dociau yn rhannu stori neu'n tynnu coes. Fedrai hi ddim meddwl am unman hapusach dan yr haul, a meddyliodd tybed ai lle tebyg i hwn oedd y nefoedd yr oedd y gweinidog yn sôn amdani o hyd.

Pennod 7

Y Newyddion

"Beth yw hwnna, Mam?" gofynnodd Betty un prynhawn Sadwrn ar ôl bod allan yn chwarae, wrth i Nora gerdded i mewn i'r tŷ a'i phen yn uchel, a bocs o dan ei braich. Tybiodd Betty efallai mai pecyn mawr o de oedd yn y bocs, neu anrheg pen-blwydd cynnar iawn iddi hi, efallai. Un obeithiol fu hi erioed.

"Bobol bach, rho gyfle i mi ddod trwy'r drws, Betty Johnson!" atebodd Nora, gan dynnu ei siôl a gosod y bocs bach ar fwrdd y gegin.

"Wel, Betty fach, dyma ni," meddai wedyn, gan osod ei dwylo'n fflat ar y bwrdd naill ochr i'r bocs. "Rydan ni'n ymuno â'r byd modern. Edrych di ar hwn nawr ... ble mae dy dad?"

Roedd Betty ar fin ateb a dweud ei fod yn y lle chwech yng ngwaelod yr ardd, ond cyn iddi fedru dweud yr un gair agorodd ei mam y bocs a thynnu'r radio allan, fel consuriwr yn tynnu cwningen wen o'i het.

"Weiarles!" ebychodd Betty, gan neidio i fyny ac i lawr. Chwarddodd ei mam wrth weld y cyffro ar wyneb ei hunig blentyn. Roedd llawer o blant yr ysgol yn sôn am yr hyn yr oedden nhw'n ei glywed ar y weiarles, am y gerddoriaeth a'r newyddion a'r dramâu, ac er ei bod hithau'n ysu am gael un, fyddai Betty byth yn breuddwydio swnian am y ffasiwn beth. Gwyddai fod pres yn brin, ac nad oedd digon yn sbâr yn y cartref bach ar Stryd Peel i brynu rhywbeth mor foethus â radio. Ond yn amlwg roedd cildwrn wedi dod o rywle heddiw!

"Ie wir, pwt. Weiarles. Rown ni gynnig ar danio'r peth, ie, i ni gael gweld beth ydi'r holl ffys? Ble ddwedest ti oedd dy dad?"

Roedd Betty wedi ei hudo. Eisteddodd heb ateb y

cwestiwn, a phwyso ei phen ar ei dwylo i wrando ar y llais oedd yn dod allan o'r bocs hirsgwar. Roedd fel petai'r dyn yn eistedd yno efo nhw! Gwenodd ar Nora, a gwenodd hithau'n ôl wrth i hud a lledrith y bocs ei chyfareddu a mynd â hi'n ôl i fod yn blentyn llawn rhyfeddod. Roedd y llais ar ganol dweud rhywbeth am ddyn yn yr Almaen o'r enw Hitler oedd eisiau ymladd yn erbyn Gwlad Pwyl, pan gerddodd tad Betty trwy'r drws.

"Bobl annwyl, beth sy'n digwydd yn fan hyn?" gofynnodd, â direidi lond ei lais.

"Sypréis!" meddai Nora, a chwarddodd Simon yn braf cyn taro'i bapur newydd ar y bwrdd a gwneud ei hun yn gyfforddus yn ei gadair freichiau. Roedd ei git-bag morwr wedi ei gadw erbyn hyn, a Betty'n gweddïo'n ddyddiol na fyddai'n ei weld eto am amser maith.

Eisteddai'r tri yn llonydd, yn gwrando ar lais crand y dyn, ond yn raddol sylwodd Betty nad oedd gwên ar wyneb ei mam na'i thad erbyn hyn. Yn sydyn daeth y newyddion i ben, a chyhoeddodd y llais o'r weiarles y byddai stori ddirgelwch i'w chlywed nesaf, a gyda hynny trodd Nora'r botwm crwn heb ddim lol, fel petai wedi chwifio ffon hud i ddod â'r cyfan i ben.

"Dyw peth felly ddim yn addas i ti, Betty. Mi gei di hunllefau trwy'r nos ar ei hyd. Dere i fy helpu i wneud swper."

Wrth iddyn nhw blicio a berwi tatws yn y gegin gefn, ceisiodd Betty godi sgwrs am y weiarles. Beth fyddai arni bore fory, tybed? Fydden nhw'n cael gwrando arni amser brecwast? Fyddai Dad yn gallu gwrando ar weiarles pan fyddai o ar y môr? Fyddai'n iawn i Doris ddod draw i wrando ar y weiarles hefyd? Amser te efallai? Bydden nhw'n addo bihafio a gwrando'n ddistaw heb dorri ar draws y llais.

Ond er ei bod yn sefyll yno yn y gegin gefn, roedd fel petai Nora wedi diflannu i rywle arall ar ôl clywed y newyddion ar y radio. Ceisiodd Betty holi am hynny hefyd, a'r dyn yma o'r enw Hitler, ond "pam pam bechdan jam, paid â holi babi mam," oedd ateb siort Nora. A gwyddai Betty'n well na mynd i holi ei thad. Roedd yntau'n eistedd yn ei gadair yn tynnu ar ei getyn yn feddylgar.

Edrychodd Betty ar y ddau yn eistedd naill ochr i'r lle tân gwag, cyn taflu cip allan trwy'r drws ffrynt ar yr haul braf. Beth bynnag oedd wedi taflu dŵr oer ar eu hwyliau, doedd hi ddim am iddo ddifetha noson braf iddi hi!

"Ga i fynd allan i chwarae am dipyn bach, bach, plis?" gofynnodd yn dawel. Prin bod ei mam wedi ei chlywed, ond ystumiodd ei thad y byddai hyn yn iawn, felly sgrialodd o'r tŷ cyn iddo newid ei feddwl. Gwyddai'r ddau bod digon o antis ac yncls o gwmpas y lle i gadw llygad, ac i godi llais a chadw trefn petai angen.

Yn Sgŵar Loudoun y daeth Betty o hyd i'w ffrindiau, wrthi'n chwarae ar y siglenni.

"Gesiwch beth?" gofynnodd, yn barod i rannu'r newyddion cyffrous am y weiarles.

"Ry'n ni'n gwybod yn barod, Betty," atebodd Henry John, gan wenu'n sbeitlyd arni. Sut ar wyneb y ddaear oedd y twpsyn yma'n gwybod eu bod nhw wedi cael radio?! Agorodd ei cheg i'w ateb ond dechreuodd pawb barablu ar draws ei gilydd.

"Dwi wedi clywed ei fod o'n dweud bod rhaid llosgi pob llyfr yn y byd os nad ydy nhw'n dweud fod yr Almaen yn lle da!" meddai Tomi, gan godi ei aeliau mor uchel â phosib i ddangos ei syndod.

"Glywes i fod plant o bob man yn gorfod dod yma i Gymru! Miloedd ar filoedd o blant – i gyd yn dod yma, i'n gwlad ni, achos ei bod hi'n saff yma," meddai Miriam wedyn, oedd ychydig yn hŷn na'r lleill.

"Ie, dwi wedi clywed hynna hefyd," atebodd Neil, "ond does yna bendant ddim lle iddyn nhw yn ein tŷ ni, rhwng y saith ohonon ni yno. Prin bod 'na le i daro rhech yna fel mae hi!" A chwarddodd pawb lond eu boliau.

Doedd Betty ddim yn un am gyfaddef diffyg gwybodaeth, felly eisteddodd ar y siglen am sbel, yn gwrando ar bopeth a cheisio dod â'r holl ddarnau ynghyd i greu darlun llawn, fel petai'n gwneud jig-so. Hitler? Bomiau? Rhyfel?

Tra bod yr haul yn dal yn yr awyr, a mwyafrif rhieni'r plant yn sefyll o amgylch y sgwâr yn smocio, sgwrsio a thrafod, aeth chwarae a sgwrsio'r plant yn ei flaen hefyd. Ond erbyn hyn roedd pen Betty'n troi.

"Hei, Doris Ann," meddai'n sydyn, gan glosio at ei ffrind gorau. "Ddoi di am dro gyda fi?"

Wrth iddyn nhw ymlwybro heibio'r eglwys Gymreig a thua'r dociau mawr, gofynnodd Betty i'w ffrind ddweud pob un dim yr oedd hi wedi ei glywed am y rhyfel wrthi, a doedd dim angen gofyn ddwywaith. Cerddodd y ddwy drwy ganol bwrlwm gyda'r nos yn y dociau wrth i Doris siarad fel trên stêm a Betty wrando'n astud ar bob gair.

O'u cwmpas i bob cyfeiriad roedd morwyr yn ymlacio ar ôl diwrnod caled o waith. Roedd modd dweud pa rai oedd newydd orffen gweithio dim ond wrth edrych arnynt; roedden nhw'n fudur o'u corun i'w sawdl ar ôl cario, llwytho, neu symud sachau trwm o lo. Roedd y rhai oedd wedi cael cyfle i fynd adref i ymolchi a newid yn edrych ychydig bach glanach, ac yn barod am lymaid a dawns neu fet fach slei, a hithau'n nos Sadwrn ac wythnos hir o waith wedi pasio.

Roedd drws tafarn y Packet ar agor led y pen wrth i'r merched gerdded heibio, a gallent glywed sŵn y gerddoriaeth yn llifo allan – rhywun yn chwarae gitâr, rhywun ar y mandolin, rhywun arall yn chwarae pib. Hyn oll yn gyfeiliant i sŵn sgwrsio, chwerthin, tynnu coes, bargeinio a dadlau diddiwedd y morwyr. Roedd rhywun wastad wedi cael un yn ormod.

Gwrandodd Betty'n astud ar bopeth oedd gan Doris i'w ddweud wrth i'r ddwy ymlwybro o gwmpas y strydoedd cyfarwydd. Pobl yn casáu pobl oedd yn wahanol iddyn nhw; dyna beth oedd yn gyfrifol am y ffraeo yn y bôn, meddai Doris. Wrth glywed hyn, meddyliodd Betty am y troeon hynny pan oedd wedi mynd ar y tram gyda Nora i ganol y ddinas ar ryw berwyl neu'i gilydd.

Yno, dafliad carreg o'r dociau, roedd hi'n teimlo'n wahanol. Roedd ei mam a hithau'n wahanol mwyaf sydyn, yn sefyll allan mewn môr o wynebau gwyn, yn gorfod aros ac aros i gael sylw dyn y siop er mai nhw oedd yno gyntaf. Nhw, a ni. Gallai weld pobl yn edrych arnyn nhw o gornel eu llygaid, fel petaen nhw'n edrych ar gŵn gwyllt, peryglus.

Ar ôl iddyn nhw eistedd ar y tram, a chychwyn yn ôl am y dociau, anadlodd Betty eto, a holi Nora oedd hithau wedi sylwi.

"O Betty fach, dyna'r byd rydan ni'n byw ynddo, yn anffodus!" oedd ei hateb parod. "Ond paid ti â chymryd dim sylw. A chofia, dyw cael rhywun yn edrych yn hyll arnat ti yn ddim o'i gymharu â'r hyn fu'n digwydd yn y dociau yn y gorffennol." Aeth Nora yn ei blaen i ddisgrifio'r ymosodiadau oedd wedi bod ychydig ddegawdau ynghynt. Pobl yn dod yno, i'r dociau, i ymosod arnyn nhw, dim ond am eu bod yn wahanol. Am eu bod nhw'n edrych ac yn credu pethau gwahanol. Roedd Betty'n cael trafferth dychmygu'r ffasiwn beth, er iddi glywed ei rhieni'n sôn am y reiats droeon. Ac eto, meddyliodd wrth wrando ar ei ffrind, dyma'r un peth yn digwydd eto, mewn rhan arall o'r byd. Pobl yn casáu pobl eraill, dim ond am eu bod yn wahanol. Tybed sut un fyddai'r Hitler yma, petai wedi cael ei fagu yn y dociau, efo ni? meddyliodd Betty.

Neidiodd y merched i'r neilltu wrth i forwr wibio heibio iddyn nhw ar gefn ei feic a chododd holl alawon y nos yn uwch ac yn uwch o'u cwmpas, nes esgyn uwchlaw holl gartrefi'r dociau.

Erbyn iddi gyrraedd ei gwely'r noson honno tybiai Betty ei bod yn siŵr o fod yn gwybod llawer mwy na'i rheini am y rhyfel oedd ar droed, diolch i Doris Ann. Wrth orwedd yno'n methu'n lân â chysgu, a'r holl wybodaeth yn llenwi ei phen nes ei bod yn chwil, wyddai hi ddim a ddylai hi fod yn ofnus neu wedi'i chyffroi am yr holl beth. Ond gwyddai ym mêr ei hesgyrn fod newid mawr ar droed.

Pennod 8

Siocled, Seiren a Newid Mawr

Ar ganol breuddwyd fendigedig am fwyta siocled roedd Betty pan ddaeth sgrech y seiren i'w deffro. Heb feddwl ddwywaith, neidiodd o'i gwely a thynnu ei chôt a'i het amdani, cyn rhoi'r mwgwd nwy i hongian gerfydd ei gwddf; roedd yn ail natur erbyn hyn.

Ar y landin roedd ei rhieni yr un mor barod, ac i lawr y grisiau â nhw, Betty gyntaf, wedyn Nora, a Simon yn olaf. Meddyliodd Betty fod y cwbl fel dawns; pawb yn gwybod pob symudiad heb orfod torri gair.

Allan â nhw ac i lawr y ffordd i'r lloches. Chwiliodd am law fawr, gynnes ei thad rhag mynd ar goll. Roedd y bae fel bol buwch, a theuluoedd o'i chwmpas ymhob cyfeiriad yn brysio i guddio. Ar y dechrau roedd sgrech y seiren wedi rhwygo trwy bennau pawb, a byddai'r plant i gyd, yn enwedig y rhai bach iawn, yn rhoi eu dwylo dros eu clustiau, a llawer un yn crio'n swnllyd eisiau i'r sŵn stopio. Meddyliodd Betty cymaint oedd wedi newid mewn amser byr wrth glywed sŵn sgwrsio a chwerthin o'i chwmpas yn y tywyllwch.

Cerddodd pawb yn drefnus i mewn i'r lloches gyhoeddus. Roedd gan rai loches yn eu gardd, un fetel, wedi hanner ei chladdu yn y ddaear ac yn swatio'n gudd o dan flodau a glaswellt. Roedd eraill yn mynd i guddio yn eu seleri, lle byddai pob ymdrech wedi ei gwneud i gryfhau'r waliau, a byddai stoc o fwyd yno hefyd, rhag ofn y byddai'n rhaid aros yno am sbel.

Hoff loches Betty oedd yr un o dan siop-bob-dim Mrs George ger yr ysgol. Petaech chi'n digwydd mynd heibio'r siop pan ddôi'r seiren â'i sgrech, byddai Mrs George yn eich galw i ddiogelwch ei lloches hi, ac yn rhoi bisgedi a phop i bawb! Byddai Betty a'i ffrindiau yn aml yn llusgo'u traed wrth fynd heibio'r siop, yn y gobaith y byddai'r seiren yn canu.

"Psst! Betty!" Trodd Betty at y llais a gweld wyneb cyfarwydd yn gwenu arni o gysgodion y lloches. Llusgodd ei phen-ôl ar hyd y llawr rhwng ei mam a'i thad i fod yn nes at Fatima i gael sgwrs. Pwy a ŵyr am faint y byddai'n rhaid aros yma.

"Ti'n meddwl y gwelwn ni fom heno?" gofynnodd Fatima'n chwilfrydig. "Glywes i fod Sami a Neil wedi gweld tŷ yn cael ei fomio wythnos dwetha! Ac roedd Sami'n dweud bod o wedi gweld y bom yn dod trwy'r awyr a phob dim – yn cwympo o'r awyren!"

"Wel, os wyt ti'n dweud," oedd ateb cwta Betty, fyddai wedi licio cael aros yn ei gwely heno, i fwynhau'r freuddwyd braf am siocled ychydig yn hirach. Doedd hi prin yn cofio pa fath o flas oedd ar siocled erbyn hyn. Dyna'r oedd hi'n hiraethu amdano fwyaf, ac orenau hefyd, eu blas melys a'r sudd hyfryd, gludiog.

"Wyt ti wedi bod yn ymarfer y gân?" gofynnodd Betty wedyn.

"Do wir," atebodd Fatima'n falch. "Dwi'n gwybod pob gair erbyn hyn."

Y noson ganlynol roedd criw o blant Stryd Peel am wneud cyngerdd i'r oedolion. Bydden nhw'n gwneud bob hyn a hyn, ac yn codi ceiniog arnyn nhw am ddod i weld y cyngerdd, gan roi'r holl arian a godwyd wrth y drws at 'ymdrech y rhyfel'. Rowlio ei llygaid tua'r nef fyddai Nora wrth glywed bod cyngerdd eto fyth, a bod rhaid ffeindio ceiniog sbâr eto, ond byddai Simon yn chwerthin yn braf ac yn ei darbwyllo yn ei lais melfedaidd ei bod yn dda bod gan y plant rywbeth i'w wneud i'w cadw'n brysur.

Doedd dim bom y noson honno, felly adref â phawb unwaith eto ac yn ôl i'w gwlâu. Oriau'n ddiweddarach, a hithau bron yn amser cinio, cerddodd Betty tua'r ysgol, a daeth Doris, Henry John, Fatima a Gwen i ymuno â hi wrth iddyn nhw agosáu at Ysgol y Santes Fair.

"Edrychwch be sydd 'da fi!" meddai Henry John, wrth dynnu ei law allan o'i boced. Yn eistedd yno ar gledr ei law roedd siâp mawr, onglog.

"Be sydd mor arbennig am garreg?" gofynnodd Betty, gan rowlio'i llygaid hithau tua'r nefoedd, yn union fel byddai ei mam yn ei wneud.

"Carreg?! Betty, agor dy lygaid! Wyt ti dal yn hanner cysgu? Ffeindies i e draw wrth Siop Mohammed.

Shrapnel ydi o! Dwi am fynd yn ôl heno i geisio dod o hyd i weddill y darn."

Aeth pawb yn nes i gael golwg, ac ambell un yn estyn bys i gael ei gyffwrdd.

"Wyt ti am ei roi yn yr amgueddfa, felly?" gofynnodd Betty eto, yn ddiamynedd gyda Henry John a'i frolio diddiwedd. Roedd rhai o'r plant wedi dechrau amgueddfa fach yn arddangos yr holl shrapnel roedden nhw wedi eu ffeindio, ac unwaith eto, yn codi ceiniog ar yr oedolion am gael dod yno i'w gweld!

Atebodd Henry John mohoni, dim ond rhoi'r trysor yn ôl yn ei boced a thaflu winc heriol i'w chyfeiriad gan wneud i Doris chwerthin. Prysurodd pawb i mewn trwy ddrysau'r ysgol, er y gwyddai Betty mai rhannu straeon am gyrch y noson flaenorol fyddai pawb am dipyn, gan gynnwys yr athrawon.

Trodd Erik at Betty yn y dosbarth a swingio ar goesau ôl ei gadair nes ei fod yn gallu gafael yn ei desg.

"Yw dy dad di adre rŵan, Betty?" holodd, tra bod y dosbarth yn dal i sgwrsio am y noson cynt.

"Ydi," atebodd Betty. "Mae gartre ers tipyn. Eisiau bod yma mae e gyda ni, oherwydd y rhyfel. Pam, yw dy dad di'n ôl ar y môr?" Morwr o Norwy oedd tad Erik, ac yn un o ffrindiau mawr Simon.

"Na, ond mae yna sôn am godi pac," atebodd Erik,

cyn ychwanegu, "mae'n siŵr y bydd dy dad dithau'n mynd hefyd, cyn hir. Maen nhw angen dynion i helpu yn y rhyfel."

Drws nesaf i Erik eisteddai Gembira, ei dad yntau yn dod o Malaysia, a chododd ei glustiau wrth glywed sgwrs y ddau.

"Mae 'nhad wedi mynd yn barod," meddai, ei lygaid mawr brown yn disgleirio. "Fyddwn i'n hoffi mynd i'r rhyfel, i gael saethu'r bobl ddrwg a thrio lladd yr hen Hitler yna!"

"Cario glo mae dy dad di, Gambira," atebodd Betty mewn chwinciad, "nid trio saethu Hitler!" Ond wnaeth hyn ddim stopio Gambria ac Erik rhag dechrau smalio saethu pobl ym mhob cyfeiriad. Yna sylwodd Miss Harris ar y rhialtwch a dweud wrth bawb am estyn eu llyfrau mathemateg, i weld a fyddai modd i rai ohonyn nhw ddysgu tabl wyth cyn y cyrch awyr nesaf!

Ar ôl cyrraedd adre'r prynhawn hwnnw allai Betty ddim peidio â meddwl pryd fyddai ei thad yn eu gadael. Dyma oedd lond ei phen wrth iddi gamu dros y rhiniog a gweld yr hen flanced drom ar y bwrdd, a'r haearn du yn cynhesu ar y lle tân. Gwyddai Betty fod ei mam wrthi'n smwddio.

"Tyrd i mewn, Betty," galwodd Nora, cyn ymddangos o'r gegin gefn a rhoi tamaid o daffi triog yn llaw ei merch. Roedd hwn yn un o'r danteithion prin fyddai Betty'n ei gael i'w fwynhau ers i'r dogni bwyd ddechrau, felly eisteddodd yn ufudd a dechrau ei gnoi yn araf.

Yna rhoddodd ei mam y ddau haearn du ar y tân cyn eistedd gyferbyn â'i merch, a daeth Simon atyn nhw o'r gegin gefn.

"Rydan ni eisiau siarad efo chdi am rywbeth, Betty," meddai Nora, gan daflu cipolwg ar ei gŵr. Nodiodd Betty; fedrai hi ddim ateb â'i cheg yn llawn o'r taffi gludiog!

"Mae dy dad a finnau wedi bod yn siarad, a dyw hi ddim yn saff yma i ti bellach. Mae mwy a mwy o gyrchoedd awyr – mae'r diawliaid yn benderfynol o fomio ffatri arfau Curran's ac ..." Llenwodd llygaid Nora â dagrau a rhoddodd Simon ei law fawr ar ei hysgwydd yn gysur.

Edrychodd Betty ar wyneb y ddau – beth oedden nhw'n geisio'i ddweud wrthi?

"Ry'n ni am dy anfon di i ffwrdd, Betty, dim ond nes bydd y rhyfel drosodd," meddai Simon. "I rywle lle byddi di'n saff. Rhywle lle nad yw hi'n bwrw bomiau bob dau funud. Ddim yn bell, dim ond i Aberdâr – rhyw 25 milltir o fan hyn! Ac mi fydd dy ffrindiau di'n mynd hefyd felly fe fydd yn antur fawr i chi!"

Syllodd Betty ar ei rhieni mewn sioc. Mynd o 'ma? O'i

chartref, heb ei rhieni? 25 milltir ... doedd y pellter yn golygu dim i Betty. Byddai ei hanfon i ochr arall y ddinas yn teimlo fel pen draw'r byd heb ei rhieni. Teimlodd y taffi triog yn caledu yn un lwmp yn ei cheg, a'r dagrau poeth yn llifo lawr ei bochau. Rhedodd at ei mam a gafael ynddi'n dynn, dynn, a lapiodd ei thad ei freichiau o gwmpas y ddwy ohonyn nhw.

Pennod 9

Ar Antur i Aberdâr

"O Betty druan!" meddai Yasir, ei lygaid mawr yn edrych i fyny ar ei brifathrawes.

"Wel, ie," atebodd Mrs Campbell. "Roedd o'n beth anodd i'w dderbyn ar y dechrau. Ond buan iawn y daeth y plant i gyd i arfer gyda'r syniad, a gweld y peth fel antur fawr."

"Sut oedden nhw'n mynd i Aberdâr, Mrs Campbell?" holodd Mari. "Yn y cymoedd mae fan'ny, ie?"

"Ia, dyna ti, yn y cymoedd. Ar y trên oedden nhw'n mynd! Fe ddyweda i'r hanes."

Ac yn ei blaen yr aeth Mrs Campbell, gyda holl blant y dosbarth yn glustiau i gyd.

* * *

Eisteddodd Betty drws nesaf i Doris, gan swatio'n reit agos ati wrth i'r trên gychwyn ar y siwrnai o orsaf Stryd y Frenhines yng Nghaerdydd. Roedd ei siwtces wrth ei thraed, a'i mwgwd nwy yn hongian o amgylch ei gwddf. Cododd ei llaw eto i gyffwrdd â'r label oedd wedi ei binio i'w chôt. Roedd ei rhieni wedi ei siarsio i'w gadw'n saff. Roedd ei henw a'i chyfeiriad wedi eu hysgrifennu ar hwn, felly roedd o'n andros o bwysig, rhag ofn iddi fynd ar goll. Oedd, roedd o'n dal yno'n saff.

I ffwrdd â nhw, ac roedd pawb yn siarad pymtheg y dwsin. Pwy fyddai'n rhoi cartref newydd iddyn nhw tybed? Pa fath o le fyddai Aberdâr? Sut fwyd fydden nhw'n ei fwyta yno? Oedden nhw'n gwybod sut i chwarae marblis yno?

"O edrych – druan ohono," sibrydodd Doris yng nghlust Betty, wrth i un bachgen bach oedd yn eistedd gyferbyn â nhw ddechrau crio eisiau ei fam. Wrth edrych arno aeth stumog Betty yn un cwlwm caled, ond cyn pen dim roedd athrawes wedi dod draw.

"Dyna ni Tomi bach, sycha dy ddagrau," meddai'r athrawes yn glên. "Mae'n rhaid i ni fynd, on'd oes e, i fod yn saff! Byddi di adre efo Mam cyn pen dim, a'r hen ryfel yma'n atgof pell. Dere nawr. Beth am i ni edrych trwy'r ffenest, ie? Beth welwn ni, tybed?"

Trodd Doris a Betty hefyd, a rhyfeddu wrth i'r trên wibio allan o'r ddinas, ac i gefn gwlad de Cymru.

"Mae popeth mor wyrdd, Doris!" meddai Betty'n sionc, wrth weld y cloddiau, y caeau a'r coed. Yn sicr doedd bywyd yn y dociau byth yn ddiflas, ond doedd o bendant ddim mor lliwgar a llachar a hyn.

"Ac edrych – defaid!" Gwthiodd Doris ei ffrind reit at y ffenest er mwyn i'r ddwy gael rhoi eu trwynau yn erbyn y gwydr.

"Ti'n iawn! Defaid!" Lledodd llygaid y ddwy wrth

lyncu'r holl olygfeydd newydd sbon, a buan iawn yr oedd y trên yn tynnu mewn i orsaf Aberdâr.

"Reit, rydyn ni i gyd am gerdded at yr ysgol gyda'n gilydd felly arhoswch yn agos," gwaeddodd Miss Harris, ei llais yn cael ei foddi gan sŵn degau ar ddegau o blant ar y platfform, a chwiban y trên.

"Dewch, dilynwch fi!" Ac i ffwrdd â nhw yn un neidr hir trwy'r pentref ac at yr ysgol. Roedd llawer yn chwerthin ac yn sgwrsio, ond sawl un yn welw hefyd, a dagrau bach tawel yn llifo lawr eu gruddiau wrth iddyn nhw gerdded tuag at eu bywyd newydd.

"Edrych, Betty!" meddai Doris, gan dynnu ar gôt ei ffrind, a phwyntio tuag at yr arwydd oedd wedi ei hongian ar giât yr ysgol.

"'Croeso, faciwîs'!" meddai Betty'n uchel wrth ei ddarllen, a dechreuodd y ddwy ffrind biffian chwerthin wrth ddilyn eu cyfoedion i mewn i neuadd fawr yr ysgol. Y nhw, plant y dociau, yn faciwîs yn Aberdâr! Er eu bod nhw yma, doedden nhw'n dal ddim cweit yn credu'r peth!

Dechreuodd Miss Harris osod y plant i gyd mewn rhesi ym mhen blaen y neuadd, ac yna daeth llwyth o bobl i mewn, pob un yn wyn. Syllai'r plant arnyn nhw gyda llygaid mawr llawn cwestiynau. Fesul un, daeth y bobl ymlaen i ddewis plentyn neu blant, a mynd â nhw o'r neuadd – jest fel'na! Fel petaen nhw mewn siop yn dewis tatws neu gig! Gafaelodd Betty a Doris yn dynn yn nwylo ei gilydd, yn benderfynol o aros gyda'i gilydd.

Aeth munudau hir heibio, a'r plant i gyd wedi eu dewis, bron iawn, ond dal yno'n sefyll yr oedd Betty a Doris. Edrychodd y ddwy ar ei gilydd; pam nad oedd neb eisiau dod i'w hôl nhw? Fyddai'n rhaid iddyn nhw fynd yn ôl i'r dociau? Ond yna, o'r diwedd, daeth cwpwl draw at y ddwy a gwenu'n garedig. Eu teulu newydd.

"Helô, ferched," meddai'r ddynes, wrth i'r pedwar adael y neuadd a chychwyn cydgerdded i fyny'r allt serth at eu tŷ. "Mr a Mrs Challenger ydyn ni, ac mae ganddon ni ferch hefyd o'r enw Hazel. Mae croeso mawr i chi yn ein tŷ ni, tra bod angen. Hen helynt difrifol yw'r rhyfel yma, ie wir."

Ceisiodd Betty ei gorau glas i wenu wrth glywed y geiriau clên. Cerddodd y ddwy i mewn i'r tŷ gan edrych ar bob manylyn o'u cartref newydd am y tro cyntaf un. Roedd lluniau ar y waliau, carped ar y llawr, ac arogl gwahanol. Roedd bwrdd bwyd gyda phum cadair. Oedden nhw wedi gorfod mynd i chwilio am gadeiriau ychwanegol tybed? meddyliodd Betty.

Ar ôl iddyn nhw fynd â'u siwtcesys i'r llofft a thynnu eu cotiau aethon nhw i gyd i eistedd wrth y bwrdd a daeth Mrs Challenger â llond platiad o datws a chig moch i bawb. Roedd Hazel wedi cyrraedd hefyd, ac roedd hi'n eistedd yr ochr arall i'r bwrdd, yn llygadu'n ddrwgdybus y ddwy yma oedd wedi glanio yn ei chartref yn ddirybudd.

"Dewch nawr ferched, bwytwch fel tasech chi adre!" meddai Mrs Challenger, ond allai Betty na Doris wneud dim. Yr eiliad honno, roedd fel petai'r ddwy wedi llawn sylweddoli beth oedd yn digwydd, a'r hiraeth am eu cartrefi a'u teuluoedd wedi eu taro fel plwm.

"Os nad wyt ti'n gwybod sut i ddefnyddio cyllell a fforc, defnyddia dy ddwylo, bach," meddai Mrs Challenger mewn llais caredig. Cododd Betty ei golygon a gweld bod gwên fach ar wyneb Doris ar ôl clywed hyn, a ffeindiodd Betty ddigon o nerth yng ngwên ei ffrind gorau i afael yn ei fforc a rhoi tamaid o ginio yn ei cheg.

Er y sioc fawr o adael eu cartrefi a gorfod byw mewn tŷ newydd, gyda theulu arall, buan y daeth pawb o'r plant i arfer â'r drefn newydd – gan ddod i fwynhau'r antur o fod mewn lle gwahanol, gwneud ffrindiau a chael profiadau newydd sbon. Un o hoff bethau criw'r dociau oedd mynd i chwarae yn y caeau a dringo'r coed derw enfawr oedd yn tyfu yno. Dyma eu cae chwarae bellach, a doedden nhw ddim yn blino ar greu gemau newydd i'w chwarae yno.

Wrth chwarae rownderi un prynhawn braf gwaeddodd Nerys, un o'u ffrindiau newydd, ar Betty,

"Dy dro di nesa, Betty!" Ac er ei bod wedi dweud yn Gymraeg, roedd Betty wedi deall! Gwenodd wrth gymryd y bat ganddi, a sefyll yn barod i daro'r bêl. Teimlai Betty fel petai bron iawn pawb yn Aberdâr yn gallu siarad Cymraeg! Wrth gwrs roedd hi a gweddill plant y dociau wedi hen arfer clywed gwahanol ieithoedd, a hwyl oedd cael cyfle i ddysgu tipyn bach o Gymraeg hefyd. Byddai Betty a Doris bob amser yn dweud "Diolch yn fawr" am eu prydau bwyd, gan wneud i Mrs Challenger wenu fel giât!

Er bod hwyl i'w gael gyda Doris a Hazel a'i ffrindiau newydd, a digon i'w wneud rhwng mynd i'r ysgol, yr ysgol Sul a chwarae tu allan, edrychai Betty ymlaen yn fwy na dim at ddyddiau Sadwrn, pan fyddai ei mam yn dod ar y trên i wneud ei gwallt.

"Nefi wen, bach, s'dim syniad 'da fi beth i'w wneud 'da dy wallt di!" meddai Mrs Challenger un bore Sadwrn, wrth geisio brwsio gwallt Betty. Chwarddodd Hazel ar y sefyllfa, a thynnodd Betty dafod arni'n slei. Roedd ambell blentyn wedi rhyfeddu wrth weld Betty, a phlant eraill du a brown y dociau ar ôl iddyn nhw gyrraedd. Daeth un ferch fach draw at Betty yn yr ysgol a chyffwrdd ei braich, fel petai'n meddwl mai wedi ei phaentio roedd hi. Roedd Betty wedi chwerthin am hynny. Ond roedd rhai o'r plant hŷn wedi bod yn dweud geiriau annifyr, geiriau cas, a wnaeth Betty ddim chwerthin am hynny – dim ond poeri geiriau cas yn ôl atyn nhw'n syth. Roedd hi wedi dysgu hen ddigon o'r rheiny wrth grwydro ymysg y morwyr yn y dociau!

"Alla i wneud dim â fe!" ebychodd Mrs Challenger eto wrth geisio tynnu gwallt Betty'n blethen, ond heb glem beth i'w wneud. Yn y diwedd, ysgrifennodd at Nora, yn gofyn iddi ddod draw. Pan glywodd Betty am y trefniant newydd teimlai fel petai ei chalon am hedfan allan o'i brest roedd hi mor hapus!

Felly bob dydd Sadwrn byddai Nora'n cyrraedd, ac yn cael croeso cynnes gan Mrs Challenger. Byddai'n cario pethau neis fel sebon i Mrs Challenger – i ddiolch iddi am ei charedigrwydd tuag at Betty. A hithau'n gweithio mewn siop fetio gallai Nora gael gafael ar sawl peth nad oedd ar gael i bobl gyffredin a hithau'n adeg rhyfel.

"Do's dim isie, siŵr," meddai Mrs Challenger bob tro, ond roedd yn amlwg i bawb fod y sebon yn plesio.

Byddai Betty wrth ei bodd pan fyddai ei mam yn tynnu ei gwallt yn ôl i drefn a'i blethu'n ddwy blethen daclus naill ochr i'w phen. Fyddai Hazel ddim yn chwerthin bryd hynny, dim ond yn gwylio mewn rhyfeddod. Ar ôl gorffen y gwallt byddai'r ddwy yn mynd am dro, a Betty'n dweud ei hanes i gyd fel melin bupur. Roedd Nora hefyd yn cario ambell stori yn ei phoced o'r dociau, am y bomio a'r difrod.

Un diwrnod, a hithau'n edrych trwy'r ffenest wrth aros am ei mam, cafodd Betty andros o syrpréis.

"Dad!" ebychodd. Neidiodd o'i sedd a rhedeg allan i'r stryd i gyfarch y ddau. "Beth wyt ti'n ei wneud 'ma, Dad?" holodd, mor hapus i'w weld.

"Dwi'n mynd i ffwrdd ar y môr, Betty. Mae'r amser wedi dod, cofia, felly wedi dod i ffarwelio 'da ti ydw i, pwt. Dim ond am y tro, cofia. Tan tro nesa. A dwi wedi dod ag anrheg bach i ti."

Sychodd Betty ei dagrau ddigon i gael gweld yr anrheg, a rhoi gwên fawr a chusan o ddiolch ar foch ei thad. Bag llaw bach coch oedd yr anrheg, gyda llun yr hugan fach goch arno.

Ar ôl i Nora wneud ei gwallt aeth y tri ohonyn nhw am dro o amgylch y dref, gyda Betty'n cario ei bag llaw newydd, wrth gwrs. Cyn pen dim daeth hi'n amser i Nora a Simon fynd i ddal y trên. Wrth glywed chwiban y trên yn agosáu rhoddodd Betty ei breichiau o amgylch ei thad a phlannu ei phen yn ddwfn yn ei gôt gynnes. Ceisiodd botelu popeth amdano: ei arogl, teimlad ei farf ar ei boch, a'i lais melfedaidd yn ei chysuro, yn dweud mai dim ond ffarwél dros dro oedd hwn. Mi fyddai'n ôl cyn pen dim, a hithau hefyd, a'r tri adref gyda'i gilydd eto yn rhif 41 Stryd Peel, lle'r oedden nhw i fod. Gafaelodd Betty amdano'n dynn, gan geisio ei gredu.

Pennod 10

Tro ar Fyd

"Barod?" galwodd Betty, gan ymarfer un o'i geiriau Cymraeg newydd. Yna cododd ei braich y tu ôl i'w phen, cyn taflu'r bêl fach. Trawodd Jac y bêl gyda'i holl nerth, ac i ffwrdd â hi fel seren wîb.

Sgrechiodd Betty ar y maeswyr i nôl y bêl a'i thaflu'n ôl ati hi, cyn i Jac gyrraedd y stwmp olaf a chael y rownder!

"Brysiwch! Siapiwch hi!" gwaeddodd nerth ei phen, nes sylwi ar ffigwr cyfarwydd ben arall y cae. Mam! Yn sydyn daeth y bêl trwy'r awyr a tharo Betty yn ei choes, gan ei bod yn codi llaw yn wyllt ar ei mam yn lle canolbwyntio ar y gêm.

"Sorri!" gwaeddodd dros ei hysgwydd, cyn esgusodi ei hun a rhedeg at Nora. Ceisiodd ddyfalu pam ei bod yno; doedd hi ddim yn ddydd Sadwrn, a dim ond ar benwythnosau y byddai ei mam yn dod i Aberdâr.

Wrth iddi agosáu at Nora, arafodd ei chamau.

Teimlodd fel petai'r holl fyd wedi arafu hefyd. Roedd yn adnabod wyneb ei mam cystal â chefn ei llaw, a gallai ddweud ei bod wedi bod yn crio. Yn sydyn, doedd hi ddim eisiau cyrraedd ati. Beth oedd wedi digwydd i wneud i'w mam fod wedi crio cymaint nes bod ei llygaid wedi chwyddo? Doedd Betty ddim eisiau gwybod.

Agorodd ei mam ei breichiau a rhedodd Betty ati, gan suddo'n ddwfn i'r coflaid.

"Be sy'n bod, Mam?" gofynnodd mewn llais bach, bach. Teimlai ysgwyddau ei mam yn ysgwyd dan grio. Gwnaeth Nora ei gorau i lyncu ei dagrau ac i lonyddu, cyn torri'r newydd.

"Dy dad, cariad. Fe ddaeth y telegram dydd Llun. Yr *Ocean Vanguard* wedi ei bomio ... mae ... mae Dad wedi ei ladd."

Ysgydwodd Betty ei phen yn ôl ac ymlaen mewn sioc. Yn y pellter gallai glywed gweiddi, sgrechian a chwerthin ei ffrindiau wrth i'r gêm rownderi fynd yn ei blaen. Dim byd wedi newid. A phopeth wedi newid.

Na. Allai hyn ddim bod. Edrychodd i lygaid ei mam a gweld nad tynnu coes oedd hi. Roedd yn wir. Roedd ei thad wedi ei ladd. Fyddai hi byth yn cael ei weld eto. Byth yn clywed sŵn ei draed wrth iddo ddod i'r tŷ amser swper. Byth yn clywed ei lais melfedaidd yn chwerthin a thynnu coes. Byth yn cael eistedd ar ei lin a'i wylio'n llenwi cetyn. Dechreuodd grio, a chrio a chrio; po fwyaf yr oedd Betty'n torri ei chalon, mwyaf y gallai Nora reoli ei theimladau ei hun a chysuro'i merch.

"Gwranda, Betty. Rwyt ti'n dod adre efo fi," meddai, gan edrych i lygaid trist ei merch, a rhoi ei dwylo'n gadarn ar ei hysgwyddau. "Os ydan ni'n marw, mi fyddwn ni'n marw gyda'n gilydd."

Cerddodd y ddwy yn ôl i dŷ Mr a Mrs Challenger i

ddiolch am bob caredigrwydd, ac i Betty bacio ei bag cyn i'r ddwy fynd i ddal y trên yn ôl am Gaerdydd, a'r dociau. Allai Betty ddim dod o hyd i unrhyw eiriau yn ei llwnc wrth ffarwelio â Mrs Challenger, ond gafaelodd amdani a sibrwd diolch yn fawr yn ei chlust. Trodd yn ôl i edrych ar y tŷ wrth gerdded i lawr yr allt a gweld bod Mrs Challenger yn sefyll yn y drws, yn sychu ei dagrau hithau gyda hances boced.

* * *

"Mam, ble mae siop Mr Mohammed wedi mynd?" llefodd Betty, gan weld difrod y rhyfel drosti'i hun, wedi blwyddyn o fod yn Aberdâr.

"Wyt ti ddim yn fy nghofio i'n sôn wrthat ti?" holodd Nora, cyn dechrau ail-ddweud yr hanes, yn falch fod dagrau ei merch wedi cilio am funud.

"Cafodd y siop ei bomio yn y nos, ganol gaeaf. Chafodd neb unrhyw anaf y noson honno, diolch i'r nef, ond roedd y siop yn wenfflam. Dwi'n cofio fflamau'r tân fel petaen nhw'n trio cyrraedd y sêr."

Syllodd Betty ar y crater du lle'r arferai un o siopau prysuraf y dociau sefyll.

"Bu'r dynion tân wrthi trwy'r nos yn trio diffodd y fflamau, ond doedd dim y gallen nhw ei wneud, oherwydd erbyn y bore roedd y dŵr yn y pibelli wedi rhewi!"

Cerddodd y ddwy o amgylch y doc, eu cymdogion yn dod atyn nhw ac yn gafael yn dynn am y ddwy wrth glywed y newydd trist am Simon. Roedd cymaint ohonyn nhw wedi profi'r un galar yn y blynyddoedd diwethaf.

Y noson honno, wrth i'r ddwy eistedd wrth y bwrdd gyda'i gilydd am y tro cyntaf ers tro byd, sylwodd Betty pa mor dywyll oedd yr ystafell, er bod yr haul yn dal i wenu.

"Ar ôl i ti fynd roedd yna fwy o fesurau i drio'n gwarchod ni," esboniodd Nora. "Edrych ar y ffenest. Weli di'r groes o bapur brown? Mae hwnna i fod i atal y gwydr rhag malu'n deilchion i mewn i'r tŷ. Wedyn dwi'n cofio dy dad yn dod adre 'da'r paent clir yma, fel glud, oedd fod i wneud yr un fath. Ond dydw i ddim wedi gweld trwy'r ffenest ers hynny!"

Wrth glywed am ei thad eto, cofiodd Betty rywbeth yn sydyn.

"Mam! Bag yr hugan fach goch! Dwi wedi ei adael ar ôl yn Aberdâr!"

"O Betty fach," meddai Nora, gan fwytho pen ei merch oedd yn wylo unwaith eto. "Dwi'n siŵr y daw Doris ag e i ti. Paid â chrio."

Ond doedd dim a allai gysuro Betty unwaith iddi sylweddoli ei bod wedi gadael y bag bach coch yn Aberdâr, yr anrheg olaf iddi ei chael gan ei thad. Y noson honno, prin fod Betty wedi cael unrhyw gwsg, er ei bod mor falch o fod yn ôl yn ei gwely bach ei hun yn Stryd Peel. A'r bore wedyn roedd ei llygaid hithau wedi chwyddo'n fawr.

Penderfynodd fynd am dro o gwmpas y dociau, a gadawodd Nora iddi fynd, gan fod cant a mil o bethau ganddi i'w gwneud. Fel yr unig riant bellach, roedd holl gyfrifoldebau'r teulu ar ei hysgwyddau hi, ac roedd yn rhaid gweithio i gadw'r to dros eu pennau.

Crwydrodd Betty gan godi llaw ar hwn a'r llall, ond gan fynd ar hyd y strydoedd cefn yn bennaf; doedd arni ddim awydd siarad efo neb heddiw. Wrth basio criw o forwyr yn sefyll yn sgwrsio ar ochr y stryd, yn eu siwtiau a'u hetiau, canolbwyntiodd ar ei hesgidiau. Allai hi ddim wynebu sgwrsio na chlywed gair o gydymdeimlad gan yr un morwr byw heddiw.

Aeth yn ei blaen nes cyrraedd y boncyffion pren oedd yn arnofio yn y dociau. Roedd un neu ddau o forwyr yn eistedd yno'n pysgota'n hamddenol. Cofiai Betty chwarae yno gyda'i ffrindiau un tro, nes i'w thad ddigwydd pasio a dod i roi pryd o dafod difrifol iddyn nhw. Safai Betty yno'n awr yn syllu ar y pren, yn clywed llais ei thad wrth iddo ddweud bod plentyn wedi llithro rhwng y pren ychydig flynyddoedd ynghynt ac wedi boddi, ac nad oedd yr un ohonyn nhw i chwarae yno byth eto.

Aeth yn ei blaen, gan gerdded trwy holl brysurdeb y dociau; y llwytho, y gwagio a'r cario, y tynnu coes a'r bargeinio. A hithau wedi bod i ffwrdd ers tro, roedd camu 'nôl i ganol miri'r dociau fel eistedd mewn hen gadair freichiau gyfforddus, gyfarwydd. Arhosodd i edrych. Rhwng dwy long fawr gallai weld y môr, a'r gorwel wedyn yn y pellter.

"Wyddost ti pam eu bod nhw'n galw fan hyn yn Fae Teigr, Betty? Y morwyr o Bortiwgal fathodd yr enw. Roedden nhw'n dweud bod hwylio mewn i'r bae yma, oherwydd cerrynt cryf a pheryglus afon Hafren, fel hwylio mewn i fae o deigrod."

Er gwaetha'r twrw a'r gweiddi, clywai Betty lais ei thad yn ei phen wrth iddi sefyll yno am sbel, yn gwylio'r byd yn mynd heibio.

Pennod 11

Cacen Ffrwythau a Chyfle Newydd

Roedd hi'n amser mynd adref o'r ysgol, ond gallai Mrs Campbell synhwyro na fyddai hynny'n boblogaidd heddiw.

"O, Mrs Campbell! Betty druan!" meddai Natasha, gan adael i'r dagrau lifo'n rhydd i lawr ei bochau. "Druan, druan ohoni. Mae'n siŵr bod ei chalon wedi torri'n ddau ddarn ar ôl clywed bod ei thad wedi marw."

"Beth ddigwyddodd nesa?" holodd Ali, gyda golwg boenus ar ei wyneb.

"Wel, mae'n amser i chi fynd adre – dyna be sy'n digwydd nesa!" atebodd Mrs Campbell dan chwerthin, ond doedd y disgyblion ddim yn chwerthin.

"Na, plis, Mrs Campbell, mae'n rhaid i ni gael gwybod be ddigwyddodd i Betty."

Gwenodd y brifathrawes cyn eu hateb.

"Dewch chi i'r ysgol yn brydlon bore fory, ac yn syth yn ôl yma i'r gornel ddarllen, ac fe gawn ni barhau â'r stori."

Y noson honno, bu pob un o'r disgyblion yn gorwedd yn eu gwlâu yn troi a throsi, yn meddwl am Betty druan, am Simon a Nora, am Doris Ann a'r holl blant eraill draw yn Aberdâr, a phawb oedd wedi eu heffeithio gan y rhyfel. Pan gerddodd Mrs Campbell i mewn i'w hystafell ddosbarth y bore wedyn, dyna lle'r oedd ei holl ddisgyblion yn eistedd yn dawel, yn barod i glywed gweddill yr hanes.

* * *

Yn raddol fe setlodd Betty yn ôl i drefn bywyd yn y dociau, ac adref ar Stryd Peel gyda'i mam. Aeth wythnosau, misoedd a blynyddoedd heibio, a'r galar a'r hiraeth am ei thad ddim mymryn yn llai, ond yn haws byw gyda nhw. Ac ar yr 8fed o Fai, 1945, cyhoeddodd llais o'r weiarles hirsgwar ar fwrdd y gegin ganol fod buddugoliaeth yn Ewrop – roedd y rhyfel ar ben.

Ni fu erioed y fath ddathlu a llawenydd yn y dociau, a ledled y wlad y diwrnod hwnnw.

"Betty! Dere i roi help llaw i mi, cariad!" gwaeddodd Nora, cyn pasio cadair i'w merch ei chario allan i'r stryd.

"Ydyn ni'n cael parti, Mam?"

"Ydyn wir! Mae'n hen bryd i ni gael achos dathlu! Dyna ddiwedd ar yr hen ryfel enbyd yna, ac er gwaethaf popeth mae wedi ei ddwyn oddi arnom ni mae e'r tu ôl i ni nawr, ac rydyn ni'n dal yma, ac fe gawn ni edrych ymlaen at ddyddiau gwell. Paid ag eistedd yn fan'na!" Roedd Betty wedi gwneud ei hun yn gyfforddus ar y gadair i wrando ar ei mam.

"Cer i'r gegin i hôl y gacen ffrwythau – glou!"

Er gwaethaf ei geiriau siarp roedd llygaid Nora'n gwenu. Gwyddai Betty, a phob un o blant y dociau, fod hwn yn ddiwrnod pwysig. I ffwrdd â Betty ar wib i wneud fel roedd ei mam yn ei ddweud, cyn brysio'n ôl allan i'r stryd a'r holl fwrlwm. Roedd y lle'n un parti mawr, gyda phlant a phobl yn sgwrsio ac yn chwerthin. Ar ôl gorffen ei gwaith, sgipiodd Betty draw at Fatima a Doris, ac estyn tamaid o gacen ffrwythau o'i phoced i'w rannu efo nhw.

"Lle gest ti hon?" gofynnodd Doris Ann a'i cheg yn llawn cyrens. "Mae hi'n fendigedig!"

"Mam wnaeth hi," atebodd Betty, wrth ysgwyd leinin ei phoced yn y stryd, i wneud yn siŵr nad oedd unrhyw friwsion ar ôl yno allai fod yn dystiolaeth o'r lladrad. "Wnes i fachu tamaid o'r gwaelod. Wneith hi fyth sylwi – mae hi'n rhy hapus i sylwi ar ddim heddiw!"

Llyfodd y tair eu gwefusau cyn cerdded draw at y bwrdd hir oedd wrthi'n cael ei osod yn grand ar ganol y stryd. O'u cwmpas roedd merched yn sgwrsio pymtheg y dwsin ac wedi gwisgo yn eu dillad taclusaf, ac ambell un wedi rhoi het, hyd yn oed!

"Wyt ti'n barod at yr arholiad, Betty? Wythnos nesa mae o, ie?" holodd Doris.

"Ydw, dwi'n barod. Wyt ti? Dwi'n meddwl weithiau dy fod ti'n anghofio dy fod di'n sefyll yr un arholiad â fi!" atebodd Betty.

"Ie, ond rydyn ni gyd yn gwybod y byddi di'n pasio, ac yn cael mynd i'r ysgol fawr. Does yna yr un o 'nhraed i moyn mynd yno!" atebodd Doris wedyn fel siot. "Ffeindio cariad dwi moyn gwneud, a setlo a chael llond tŷ o blant!"

Chwarddodd Betty a Fatima a rhoi winc i'w gilydd. Roedd Doris yn dweud hyn ers ei bod yn ddim o beth, felly o leiaf roedd hi'n gyson!

Chwarae teg i'r hen Doris, roedd hi hefyd yn gywir. Yr wythnos ganlynol safodd pawb yr arholiad fyddai'n penderfynu a oedden nhw'n cael mynd yn eu blaenau i'r ysgol fawr, ac fe basiodd Betty. Roedd ei chanlyniadau ymysg y rhai gorau yn y dosbarth, oedd yn golygu ei bod yn derbyn ysgoloriaeth i fynd i'r ysgol ramadeg. Rhedodd adref gyda'r darn papur yn ei llaw, yn ysu i rannu'r newyddion gyda'i mam.

"Betty Johnson, dwyt ti ddim gwell na neb, ond ar fy llw does yr un diawl yn well na ti!" meddai Nora, ei balchder lond ei llais. "Dere 'ma," meddai, gan afael yn dynn am ei merch, a'i chodi oddi ar y llawr, cyn ei rhoi'n ôl i lawr i gael golwg iawn ar y papur. "Mi fyddai dy dad mor falch ohonat ti."

"Dwi'n ysu am gael dechrau, Mam!" atebodd Betty yn llawn cyffro, a dechreuodd gyfrif ar ei bysedd sawl mis oedd tan fis Medi, a hithau'n dechrau ar antur fawr nesaf ei bywyd.

"Wel, mae yna dipyn o amser tan hynny felly gwna dy hun yn handi a cher i hôl peint o laeth i mi. Ac fe gei di ddod i'r gegin gefn i blicio tatws i mi wedyn," oedd ateb ymarferol Nora, ond gwenu wnaeth Betty. Doedd dim allai sbwylio'i hwyliau da heddiw!

* * *

Wrth i Betty gerdded trwy ddrysau'r ysgol yn ei gwisg ysgol newydd am y tro cyntaf, darllenodd y geiriau oedd wedi eu naddu ar ffrâm garreg y drws: 'Ysgol Ramadeg y Foneddiges Margaret'. Gwasgodd ei dyrnau'n dynn a chyrlio bodiau'i thraed. Roedd ganddi deimlad ym mêr ei hesgyrn y byddai'r addysg a gâi hi yma'n agor drysau iddi.

I mewn â hi, gan geisio aros gyda'r tair arall oedd wedi dod gyda hi o'r ysgol fach wrth iddyn nhw gael eu sgubo gan fôr o ferched hŷn i mewn i'r neuadd ar gyfer y gwasanaeth boreol. Wrth iddi gamu drwy ddrws yng ngwaelod y neuadd sylwodd fod llawer o'r merched wedi eistedd yn barod. Edrychodd Betty arnyn nhw, a chyfri'r wynebau du eraill ar un llaw. Teimlodd yn chwithig am eiliad, cyn codi ei hysgwyddau eto. Cofiodd am ei marciau yn yr arholiad, ac am eiriau ei mam. Roedd hi'n haeddu ei lle yma gymaint ag unrhyw un, ac roedd hi'n benderfynol o wneud y mwyaf o'r cyfle.

"I'ch seddi, ferched, nawr!" Daeth llais blin o'r tu blaen a rhuthrodd Betty i ffeindio sedd wag. Daeth i ddysgu'n ddigon buan mai Miss Ray oedd hon, y brifathrawes, gyda'i sbectol fach a'i bynsen dynn.

"Croeso'n ôl, a chroeso o'r newydd i rai ohonoch chi, i Ysgol Ramadeg y Foneddiges Margaret," meddai'r ddynes fach bitw ym mlaen y neuadd. "Mae'n bwysig i chi ddeall o'r dechrau bod rheolau yma, ac mae'n rhaid i chi eu dilyn. Dim siarad yn y dosbarth ac eithrio pan fydd athrawes yn gofyn cwestiwn i chi. Rhaid cerdded ar y chwith yn y coridorau bob amser. Dim llusgo'ch traed yn y coridorau. Dim ateb yn ôl ..."

Aeth y rhestr hirfaith yn ei blaen. Roedd yr ysgol hon yn bendant yn dra gwahanol i'w hysgol flaenorol! Dechreuodd Betty edrych o'i chwmpas wrth i'r araith ei diflasu. O'r diwedd, daeth y bregeth i ben, a rhoddwyd cyfarwyddiadau i'r holl ferched newydd fynd draw i'r ystafell gofrestru i gael rhestr o'u dosbarthiadau. Rhythodd Betty ar y papur a roddwyd iddi – gwersi Ffrangeg, Daearyddiaeth, Gwyddoniaeth, Cerddoriaeth, Mathemateg, Celf, Chwaraeon, Cymraeg, Saesneg, Gwyddorau'r Cartref a Hanes.

Ers ei bod yn ddim o beth roedd gan Betty awch am ddysgu ac am wybodaeth, ac wrth edrych ar y rhestr o'r gwersi oedd o'i blaen daeth gwên lydan i'w hwyneb. Rheolau llym neu beidio, roedd hi'n bendant am fwynhau ei hun yma!

Pennod 12

Dysgu Gwersi

Llyncodd Betty ei chinio'n awchus, gan edrych ymlaen at y prynhawn ar ôl bore o wersi Mathemateg a Chelf.

"Pêl-rwyd ar ôl cinio, cofio?" meddai wrth Helen, gan daflu llygad at y pwdin anferth roedd Helen ar fin ei fwyta.

"Hei! Gofalus beth ti'n ddweud, Johnson!" meddai Helen dan chwerthin, cyn ychwanegu, "Wrth gwrs 'mod i'n cofio. Rydyn ni yn erbyn merched Elái, yndan?"

"Ydan wir," atebodd Betty. "A heddiw, rydan ni'n mynd i'w chwalu nhw."

Chwarddodd y ddwy eto wrth gerdded gyda'i gilydd i'r ystafelloedd newid. Erbyn hyn roedd Betty wedi hen gartrefu yn ei hysgol newydd, a phob ystafell oedd yn teimlo'n enfawr a dieithr gwta ddwy flynedd yn ôl, bellach yn gyfarwydd a chartrefol.

Roedd hi'n ddiwrnod oer, a'r haul yn cuddio, felly penderfynodd Betty alw pawb allan ar y cwrt ychydig yn gynt i gynhesu. Wedi'r cyfan, hi oedd y capten, a hi wyddai sut i sicrhau buddugoliaeth.

"Dewch yn glou i ni gael ymestyn a chynhesu, neu fydd gennyn ni ddim siawns o'u curo nhw," meddai wrth griw o ferched oedd yn sefyllian yn siarad am fechgyn wrth giât y cwrt.

"Edrychwch ar hon, yn dod yma o Fae Teigr o bob man, a dechrau dweud wrth bawb beth i'w wneud!" meddai llais y tu ôl iddi. Rhewodd Betty yn ei hunfan, a throi i weld pwy oedd perchennog y llais.

Yno'n sefyll roedd Catherine Hughes, merch oedd yn yr un flwyddyn â Betty, ond dyna'r unig beth oedd yn gyffredin rhwng y ddwy. Edrychodd Betty ar wisg berffaith Catherine, ar ei hesgidiau chwaraeon newydd, drud a'i gwallt melyn hir, sidanaidd, oedd wedi ei glymu'n ôl yn uchel ar dop ei phen.

"Be ddywedest ti, Hughes?" poerodd Betty, yn barod i roi un cyfle i'r ferch grand o Ben-y-lan lyncu ei geiriau.

"Glywest ti fi'n iawn, Johnson. Pwy ti'n feddwl wyt ti, yn dod o'r dociau budur yna o ganol bob math o rapsgaliwns i ddweud wrthan ni beth i'w ..." Chafodd Catherine ddim cyfle i orffen ei brawddeg. Fel teigr yn cael ei ryddhau o gawell, neidiodd Betty amdani, a rhoi clamp o slap iddi ar draws ei hwyneb! Mewn chwinciad chwannen roedd y cwrt yn un ddrama fawr o sgrechfeydd a breichiau yn ceisio gwahanu'r ddwy, wrth i Betty geisio mynd am Catherine eto, ac i Catherine geisio taro'n ôl.

"Beth ar wyneb y ddaear sy'n digwydd yn fan hyn?" taranodd Miss Price, yr athrawes chwaraeon, oedd wedi rhuthro draw wrth glywed y twrw. "Wel? Dwi isie ateb, nawr!"

A chyn i neb arall gael cyfle i ddweud gair gwaeddodd Catherine fod Betty Johnson wedi rhoi slap iddi ar draws ei hwyneb, ac ni feiddiai neb ddweud yn groes.

Syllodd yr athrawes chwaraeon ar Betty, cyn ysgwyd ei phen yn siomedig. Capten y tîm!

"I swyddfa'r brifathrawes yr eiliad hon, Betty Johnson!"

I ffwrdd â Betty, yn dal yn gandryll wrth i eiriau sbeitlyd a sarhaus Catherine sgrechian yn ei phen.

Eisteddodd Betty ar un o'r cadeiriau tu allan i swyddfa Miss Ray, yn aros i gael ei galw. Ceisiodd feddwl beth fyddai barn ei thad am hyn. Na, penderfynodd, mi fyddai o wedi deall, ac wedi cytuno efo hi. Heb os.

"Miss Johnson!"

Llyncodd Betty ei phoer, ac agor y drws.

Ddywedodd Miss Ray ddim byd am sbel, oedd yn fwy brawychus na phetai hi wedi dechrau gweiddi ar dop ei llais. Pwyntiodd at gadair ac eisteddodd Betty arni, cyn edrych ar ei phrifathrawes.

"Rydw i ar ddeall, Miss Johnson, eich bod chi wedi ymosod yn gorfforol ar Miss Catherine Hughes. Rhaid i chi ddeall nad ydyn ni'n goddef ymddygiad o'r fath yn yr ysgol hon!"

A daeth ateb Betty yn ôl fel siot.

"A tydw innau ddim yn goddef unrhyw un yn siarad yn sarhaus am fy nghartref, nac am fy nghymuned i, Miss Ray."

Lledodd llygaid Miss Ray fel dwy soser, fel petai neb erioed yn ei hanes fel athrawes wedi meiddio ei hateb yn ôl yn y fath fodd.

Agorodd Miss Ray lyfr mawr oedd â chlawr lledr du, a thynnu ei bys ar hyd y tudalennau nes dod o hyd i enw Betty. Yna, gafaelodd mewn stamp mawr oedd yn dweud 'camymddwyn', a'i roi mewn inc, cyn ei stampio'n awdurdodol wrth enw Betty.

"Dyna farc o gamymddwyn wrth eich enw, Betty Johnson. Gwnewch chi'n siŵr nad ydych yn cael un arall. A chofiwch, mae modd ennill ffrae heb ddyrnau. Nawr ewch o 'ngolwg."

Cododd Betty a cherdded allan o'r ystafell gan dynnu'r drws ar ei hôl cyn anadlu'n ddwfn. Safodd am eiliad, ei thu mewn yn glymau, ond yna cododd ei phen yn uchel. Na. Fyddai hi ddim yn gadael i unrhyw un ddweud gair croes am y dociau, ei chartref. Os mai stamp camymddwyn oedd y gosb am amddiffyn ei chartref a'i phobl, yna byddai'n derbyn cant ohonyn nhw. Ac allan â hi i weld a oedd unrhyw gyfle o gael ymuno yn y gêm bêl-rwyd cyn i ferched Elái eu maeddu nhw'n llwyr.

* * *

"Iawn, tawelwch plis, ferched!" meddai Miss Ray, o'i desg yn nhu blaen y dosbarth. "Mae hon yn wers bwysig iawn i chi gyd," ychwanegodd, ac erbyn hyn roedd Betty a'i chyfoedion yn gwrando'n astud.

"A chithau nawr yn bedair ar ddeg, mae'n amser i chi ddewis pa bynciau rydych chi am eu hastudio ar gyfer eich prif arholiadau. Cofiwch nawr, mae'r rhain yn benderfyniadau pwysig, ac mae gofyn i chi feddwl beth yr hoffech ei wneud fel swydd, a chadw hynny mewn cof wrth ddewis eich pynciau."

Gafaelodd Betty yn ei phensel ac edrych o amgylch yr ystafell ar ei ffrindiau. Oedden nhw'n gwybod pa swydd oedden nhw eisiau ei gwneud yn y dyfodol? Roedd hi bendant yn gwybod, ac wedi gwybod ers tro, a dweud y gwir.

"Fe fydda i'n eich galw chi yma fesul un i ni gael trafod, cyn dewis eich pynciau," ychwanegodd Miss Ray, gan alw enw'r ferch gyntaf ar y cofrestr. Rhoddodd Betty ei phen i lawr a chanolbwyntio ar ei llythyr. Roedd hi wedi cael 'ffrind trwy'r post' fel rhan o gynllun yn yr ysgol, ac roedd hi ar fin ysgrifennu ei llythyr cyntaf at Francine yng Ngwlad Belg. Meddyliodd yn hir cyn dechrau ysgrifennu; roedd am wneud yr argraff orau posib. Pwy a ŵyr, efallai y câi fynd draw i'w gweld rhyw ddydd!

"Betty Johnson!"

Cododd a cherdded heibio'r rhesi o ddesgiau, cyn eistedd ar y stôl fach frown oedd wrth ddesg Miss Ray. Chwarae teg i Miss Ray, er ei bod yn un galed, doedd hi ddim yn edliw nac yn dal dig, felly er bod nifer fawr o stampiau 'camymddwyn' gyferbyn ag enw Betty yn y llyfr mawr du erbyn hyn, roedd Miss Ray yn ei thrin yn union yr un fath yn yr ystafell ddosbarth.

"Reit 'te, Miss Johnson," meddai, gan edrych ar y ferch ifanc o'i blaen. "Oes gennych chi unrhyw syniad o'r hyn hoffech chi ei wneud fel swydd ar ôl gadael yr ysgol?"

"O oes," atebodd Betty ar unwaith. "Rydw i am fod yn athrawes."

Am eiliad, o'r golwg ar ei hwyneb, meddyliodd Betty

fod Miss Ray wedi cael ei tharo'n wael, a'i bod ar fin llewygu, ond yna dechreuodd siarad.

"O na, o na, na, na," meddai, gan ysgwyd ei phen yn ffyrnig a rhoi ei llaw ar ei thalcen. "Mae'n rhaid i chi gael y syniad yna allan o'ch pen yr eiliad hon," meddai wedyn. Syllodd Betty arni, heb unrhyw glem beth oedd o'i le.

"Mi fyddai gormod … gormod o broblemau. Gormod o broblemau o'r hanner. Ewch yn ôl i'ch sedd a meddwl eto, Betty."

Roedd y brifathrawes yn dal i ysgwyd ei phen mewn syndod wrth i Betty ddychwelyd i'w sedd. Problemau? Pa broblemau? Allai Betty ddim deall o gwbl at beth roedd Miss Ray'n cyfeirio. Roedd ei marciau bob amser ymysg y chwe uchaf yn y dosbarth, felly beth oedd yn ei hatal rhag mynd yn ei blaen i fod yn athrawes? Ac yna'n sydyn, deallodd. Lliw ei chroen. Dyna oedd y 'broblem'. Dyna oedd y peth fyddai'n ei gwneud yn amhosib iddi fod yn athrawes.

Wrth i'r gwirionedd ei tharo, llefodd Betty. Wrth i'w breuddwyd fawr gael ei chwalu, gadawodd i'r dagrau tawel lifo'n rhydd. Ond yna, ymhen munudau, teimlodd Betty rywbeth yn cronni'r tu mewn iddi. Penderfyniad. Sychodd ei dagrau gyda chefn ei llaw a phenderfynodd – na. Na. Does neb am wneud i mi grio fel hyn byth eto. A chaiff neb arall ddweud wrtha i beth sy'n bosib neu'n amhosib chwaith. Eisteddodd yn gefnsyth, a bwrw ymlaen gyda'i llythyr at Francine yng Ngwlad Belg.

Pennod 13

Dawns a Dieithryn ar y Bws

Edrychodd Betty Campbell ar y plant oedd wrth ei thraed a gallai weld bod y geiniog wedi syrthio ymhlith y rhai hynaf a'u bod yn deall ystyr ei geiriau, ond rhoddodd winc fach slei iddyn nhw, gan awgrymu 'peidiwch â dweud wrth y lleill!'

"Hen athrawes gas oedd Miss Ray," meddai Isa, gan edrych yn flin ar ran y Betty ifanc yn y stori.

"Wel," atebodd Mrs Campbell, gan bwyso a mesur. "Roedd ganddi ragfarnau, fel sydd gan lawer iawn o bobl – syniadau am sut oedd pethau i fod. Mae'n siŵr nad oedd hi erioed wedi gweld na chlywed am athro neu athrawes ddu o'r blaen, felly doedd hi ddim yn meddwl bod y peth yn bosib."

Cododd Yasir ei ben i edrych ar ei athrawes hefyd.

"Mewn ffordd, Mrs Campbell, roedd Miss Ray wedi dweud rhywbeth cas iawn, heb ddefnyddio geiriau cas, yn doedd?" Roedd y bachgen bach yn amlwg yn dal i feddwl am y geiriau creulon ddywedodd y ddynes grand wrtho ar y ffordd i'r ysgol y bore hwnnw.

"Rwyt ti'n llygad dy le, Yasir," atebodd Betty, gan feddwl pa mor graff oedd ei sylw. "Ond wyddoch chi, mae geiriau cas a digwyddiadau fel hyn yn gallu gwneud un o ddau beth yn fy mhrofiad i. Fe allan nhw dorri eich calon, neu roi tân yn eich bol chi."

"Tân yn eich bol?!" gofynnodd Siân mewn llais pryderus iawn, fel petai'n dychmygu fflamau yn dawnsio y tu mewn iddi.

"Nid tân go iawn, Siân fach," atebodd y brifathrawes yn addfwyn. "Mae cael tân yn eich bol yn golygu rhoi teimlad cryf y tu mewn i chi, rhyw benderfyniad. Ysfa gryf i wneud rhywbeth, neu weithiau, i brofi bod rhywun yn anghywir."

"Dyna wnaeth Betty?" gofynnodd Natasha, gydag un o'i haeliau wedi codi'n uchel i ddangos ei bod hi wedi deall yn iawn pwy oedd y Betty yn y stori.

Gwenodd yr athrawes.

"Beth am i ni glywed diwedd y stori, i chi gael gweld?"

Roedd tawelwch llwyr a llond ystafell o lygaid mawr chwilfrydig yn ddigon o ateb. Ymlaen â'r stori.

* * *

"Wela i di wedyn, Mam!" meddai Betty, wrth wibio allan drwy'r drws a chychwyn i lawr y stryd mewn pâr o esgidiau sodlau uchel, blows wen a sgert laes oedd yn troelli wrth iddi gerdded. A hithau'n noson fwyn roedd Nora'n eistedd ar gadair tu allan i'r tŷ yn rhoi'r byd yn ei le gyda phwy bynnag fyddai'n pasio.

"Aros di am funud bach, Betty Johnson! Dere 'ma i mi gael golwg arnat ti."

Rowliodd Betty ei llygaid tua'r nefoedd cyn troi yn ôl at ei mam. Roedd hi'n nos Sadwrn, ac yn un ar bymtheg oed roedd Betty yn ysu i fynd allan gyda'i ffrindiau.

"Ie?"

"Jest eisiau dy weld di!" meddai Nora, gan godi ar ei thraed a thwtio gwallt Betty fymryn, a sythu'r gadwyn oedd am ei gwddf. I ble'r oedd ei hogan fach hi wedi mynd tybed, a phwy oedd y ferch ifanc, dlws a hyderus yma o'i blaen?

"Mam! Ga i fynd nawr plis?" gofynnodd Betty, yn ymwybodol bod Fatima, Gwen a Doris Ann yn aros amdani wrth y mosg ar waelod Stryd Peel. Chwarddodd Nora cyn troi at ei chymdoges a dweud "pobl ifanc heddiw!" a thwt-twtian yn ddramatig.

I ffwrdd â Betty'n llawen, gan godi llaw ar ei mam ac Anti Nel drws nesaf cyn troi a brasgamu i gwrdd â'i ffrindiau. Byddai criw ohonynt yn mynd i ddawnsio bob nos Sadwrn; a doedd dim golygfa hapusach o dan yr haul na dynion a merched mewn dillad smart yn troi a throelli ym mreichiau'i gilydd, mewn ystafell oedd yn llawer rhy fach i gymaint o griw, pob un yn gwenu ac yn sgleiniog gan chwys.

"Edrych ar Doris!" meddai Fatima wrth Betty, wrth i'r ddwy wylio'u ffrind yn gwneud dawns nad oedden nhw wedi ei gweld o'r blaen. Pan ddaeth Doris yn ôl atynt i gael llymaid o'i diod roedd y merched yn gwestiynau i gyd.

"Be oedd y ddawns yna, Doris Ann?"

"Ble wnest di ddysgu gwneud hynna?!"

Taflodd Doris ei phen yn ôl a chwerthin cyn esbonio. Roedd Beryl, cymdoges i Doris, wedi priodi un o'r milwyr Americanaidd a ddaeth draw i Fae Teigr yn ystod y rhyfel, ac wedi dychwelyd gydag e ymhen amser i America. Roedd Beryl wedi dod adref yn ddiweddar i weld ei theulu yn y dociau, ac wedi bod yn dysgu rhai o ddawnsfeydd poblogaidd America i Doris!

"Wel dysga ni 'te, reit glou. Roedd yna sawl pâr o lygaid arnat ti wrth i ti wneud y ddawns yna!" Chwarddodd Betty, a dyna ble bu'r tair yn ymarfer y camau newydd, yn chwerthin ac yn edrych o amgylch yr ystafell bob hyn a hyn, i weld tybed a oedd rhywun yno fyddai'n cymryd eu ffansi.

Ar ddiwedd y noson, a hithau wedi dawnsio am oriau yn ei sodlau, llosgai traed Betty, a fedrai hi ddim wynebu cerdded adref bob cam. Edrychodd am ei ffrindiau ond roedd y tair wrthi'n siarad pymtheg y dwsin neu'n dal i ddawnsio, felly penderfynodd Betty fynd i chwilio am fws fyddai'n mynd â hi adref.

O'r diwedd daeth bws pesychlyd i lawr y stryd, a chamodd Betty arno'n falch. Roedd y cerbyd yn orlawn o chwerthin, herio a sgwrsio byddarol, a'r ffenestri gwydr i gyd wedi stemio.

Aeth Betty yn ei blaen i chwilio am sedd, a thua'r cefn gwelodd fod un sedd wag. Yn y sedd drws nesaf, roedd dyn ifanc, golygus yn eistedd. Edrychodd Betty arno.

"Oes yna unrhyw un yn eistedd yn fan hyn?" gofynnodd yn gwrtais.

Edrychodd y gŵr ifanc ar Betty. Lledodd ei wên reit i fyny at ei lygaid wrth weld y ferch ifanc, dlos oedd yn sefyll o'i flaen, ac atebodd yn syml iawn, "Oes. Ti."

Ymhen dwy flynedd, a Betty bellach yn ddeunaw oed, roedd hi wedi pasio ei harholiadau uwch, wedi priodi'r gŵr ifanc bonheddig yma, ac wedi cael babi bach!

* * *

Ebychodd Siân yn uchel mewn syndod.

"Aeth hi ddim yn athrawes wedi'r cwbl felly, Mrs Campbell?!"

Meddyliodd Mrs Campbell yn ofalus cyn ateb, gyda gwên,

"Dyw digwyddiadau bywyd ddim wastad yn dilyn y drefn rydyn ni'n ei disgwyl, cofia, Siân."

Pennod 14

Un Hysbyseb Fach

"Mam, ble mae fy mag ysgol i?" bloeddiodd Elaine o ben y grisiau.

"Lle bynnag wnest ti ei adael e, mae'n siŵr. Nawr brysia, neu fyddwn ni'n hwyr!"

Safai Betty wrth y drws yn barod i fynd â'r plant i'r ysgol. Roedd Simon wedi ei lapio mewn côt, menig a sgarff nes prin bod Betty'n medru gweld wyneb ei mab ieuengaf! Safai'r bychan wrth ei hymyl, yn gafael yn sownd yng nghoes ei fam. Newydd ddechrau'r ysgol oedd e, a byddai'n llawer gwell ganddo aros gartref, ond mynd oedd raid. Roedd Anthony ar y pafin yn brysur yn casglu cerrig gyda rhai o'i ffrindiau ac yn eu stwffio i mewn i'w bocedi.

"Wedi gael e!" gwaeddodd Elaine yn fuddugoliaethus, cyn sgrialu allan o'r tŷ, gan dynnu het wlanog dros ei chlustiau ac arwain y ffordd at yr ysgol dan sgipio.

Cododd Betty law ar ei phlant, ac aros i wylio'r tri yn

cerdded i mewn trwy ddrysau'r ysgol cyn picio i'r siop i nôl papur newydd. Gyda'r *South Wales Echo* o dan ei braich, oedodd am eiliad ac edrych o'i chwmpas. Byddai'n aml yn cael pwl o hiraeth am holl sŵn a phrysurdeb y dociau – dyna oedd canol y bydysawd pan oedd hi'n blentyn! Y strydoedd i gyd yn llawn morwyr yn mynd â dod ar eu beics, neu'n cerdded mewn criwiau mawr at y doc yn barod am eu gwaith, sŵn aruthrol y glo yn cael ei ollwng i lawr siafftiau mawr ac i mewn i'r llongau, a ieithoedd o bedwar ban byd yn tasgu i bob cyfeiriad, fel gwreichion.

Roedd dynion yn dal i ymgasglu ar y strydoedd ac wrth ddrysau siopa, ond prinder gwaith oedd y sgwrs gan amlaf erbyn heddiw. Edrychodd Betty draw ar y marciau a'r tyllau oedd yn y llawr rhwng Stryd yr Eglwys, lle'r oedd ei phlant hi'n hoffi chwarae, ac yn ei alw'n *bomb patch*. Yn sydyn teimlai'r gorffennol yn bell iawn yn ôl.

Stwffiodd ei dwylo i'w phocedi. Doedd dim da o sefyllian a hel meddyliau. Brysiodd am adref i ferwi'r tegell. Eisteddodd a chymryd llymaid o'r coffi poeth wrth ddarllen tudalen flaen y papur, pan ddaeth ei mam i'r drws.

"Ww-ww, oes 'na bobl?"

"Dewch i mewn, Mam," meddai Betty, gan godi i roi'r tegell i ferwi eto. Roedd Nora'n byw ei hun yn rhif 41

Stryd Peel bellach, ers i Betty a'i theulu ymgartrefu yn rhif 10 ar yr un stryd, ond roedd pawb yn mynd a dod rhwng y ddau dŷ fel petai un yn estyniad o'r llall.

Tra bod Nora'n gwneud paned iddi hi'i hun, eisteddodd Betty gyda'r papur, gan droi heibio'r tudalennau oedd yn sôn am lwyddiant yr Adar Gleision; byddai'n gadael y tudalennau rheiny i Rupert eu darllen ar ôl cyrraedd adref. Clywodd ei mam yn galw o'r gegin gefn, ond cyn ei hateb sylwodd Betty ar un hysbyseb fach yn benodol. Roedd Coleg Hyfforddi Caerdydd yn croesawu merched – a hynny am y tro cyntaf erioed – i hyfforddi i fod yn athrawon! Hoeliodd y geiriau hyn sylw'r fam ifanc. Byddai'r coleg yn derbyn tri deg o ferched yn fyfyrwyr newydd sbon, a naw o'r rhain yn fyfyrwyr dydd.

Bron cyn iddi orffen darllen yr holl wybodaeth roedd y teimlad penderfynol yn ôl ym mol Betty, ac roedd hi'n gwybod beth fyddai ei hantur fawr nesaf.

"Wyt ti'n fy nghlywed i, ferch? Beth sydd wedi dal dy sylw di?" holodd Nora, wrth sefyll uwchben Betty a thaflu golwg ar y papur newydd dros ei hysgwydd. Darllenodd hithau'r hysbyseb.

"Dwi am fod yn un o'r naw yna, Mam. Yn un o'r myfyrwyr dydd. Dwi am fod yn athrawes."

Eisteddodd Nora yn y gadair gyferbyn â'i merch a rhoi ei phaned ar y bwrdd.

"Sut ar wyneb y ddaear fedri di fod yn athrawes?" gofynnodd, gan edrych i lygaid Betty. "Mae gen ti dri o blant a gŵr i ofalu amdanyn nhw!"

"Dwi am fod yn un ohonyn nhw, Mam," meddai Betty eto, ac roedd Nora'n adnabod ei merch yn ddigon da i wybod nad oedd unrhyw bwrpas dadlau na cheisio dal pen rheswm unwaith roedd hi wedi cael syniad yn ei phen.

Y bore wedyn, ar ôl danfon y plant i'r ysgol, neidiodd Betty ar fws a aeth â hi yn ôl i'w hen ysgol – Ysgol Ramadeg y Foneddiges Margaret. Byddai gofyn iddi gael tystysgrif yn dangos ei llwyddiant yn yr ysgol er mwyn gwneud cais i fynd ar y cwrs.

A phwy atebodd y drws i Betty? Neb llai na Miss Ray. Aeth i dyrchu am y dystysgrif a'i rhoi yn llaw Betty, gan holi pam roedd ei hangen arni. Ar ôl i Betty esbonio, ysgwyd ei phen wnaeth yr hen Miss Ray, ond yna gwenodd.

"Pob lwc i chi, Betty Johnson – dyna'r cwbl ddyweda i."

Roedd Betty ar fin dweud ei bod bellach wedi priodi ac nad Betty Johnson oedd hi mwyach, ond brathodd ei thafod. Doedd dim rhaid iddi gyfiawnhau nac esbonio'i hun i Miss Ray bellach.

Ymhen y mis roedd Betty wedi rhoi ei chais i mewn, wedi cael cyfweliad, ac un bore canodd y ffôn. Sychodd Betty ei dwylo ar ei ffedog yn sydyn, cyn rhedeg o'r gegin gefn i'w ateb.

"Helô? Ie, Mrs Campbell sy'n siarad ... ie, iawn, diolch, diolch yn fawr," meddai. Rhoddodd y ffôn yn ôl yn ei grud a gwenu fel giât. Roedd hi wedi cael cynnig lle ar y cwrs! Roedd hi am gael hyfforddiant i fod yn athrawes. Dim ond y mater bach o weithio allan sut ar wyneb y ddaear y byddai'n cyflawni'r holl waith a'r adolygu, gan gadw tŷ a magu teulu yr un pryd!

O fewn yr awr roedd ei mam wedi galw. Safai'r ddwy yn y gegin yn paratoi'r swper ochr yn ochr pan rannodd Betty'r newyddion.

"Wel Betty, Betty, Betty. Dwyt ti ddim gwell na neb, ond ar fy llw does yr un diawl yn well na ti!" meddai Nora, â balchder lond ei llais unwaith eto wrth edrych ar ei merch ryfeddol. Doedd 'na' ddim yng ngeiriadur hon!

Ac yno yn y gegin gefn, wrth blicio tatws a thorri nionyn, bu'r ddwy wrthi'n sgwrsio am sut y byddai modd i Betty fynychu'r cwrs. Gallai Nora nôl a danfon y plant i'r ysgol petai rhaid, a byddai croeso iddyn nhw ddod i'w thŷ hi ar ôl yr ysgol, neu gallai Nora ddod adref i fan hyn gyda nhw. Ac mae'n siŵr y byddai rhai o'r cymdogion yn gallu helpu gydag awr neu ddwy yma ac acw. Roedd Doris Ann i lawr y lôn, a phlant y ddwy'n ffrindiau mawr – byddai'n rhaid iddi gael sgwrs efo Doris hefyd a gweld a fyddai modd gwneud trefniant.

Ar ôl sgwrsio a thrafod digon, aeth Betty i olchi'r llestri ond cyn i Nora adael i fynd i wneud ei neges, rhoddodd ei phen yn ôl i mewn i'r gegin gefn.

"Fe fyddai dy dad yn falch ohonat ti, Betty," meddai, ac aeth am y drws. Ac er bod blynyddoedd maith ers i Betty golli ei thad, roedd y geiriau wedi cyffwrdd ei chalon, a daeth arogl ei thad, yn fwg a thybaco a heli'r môr i lenwi ei ffroenau unwaith eto, fel petai yno wrth ei hymyl.

Pennod 15

Y Dosbarth, o'r Diwedd

"Nawr, cofiwch chi, fedrwch chi ddim fy ngalw i'n 'Mam' yn yr ysgol. Mae'n rhaid i chi ymddwyn yn union yr un fath â'r holl blant eraill. Iawn?"

"Iawn, Mam! Rydan ni'n gwybod!" atebodd Elaine, Simon ac Anthony fel parti llefaru. Cerddodd y pedwar at yr ysgol, a'r tro hwn aeth Betty i mewn efo nhw. Dyma ble byddai Betty'n cael ei phrofiad cyntaf un o ddysgu mewn dosbarth fel rhan o'i chwrs, yn yr ysgol lle'r oedd ei phlant hi ei hun yn mynd, a'r ysgol yr oedd hi wedi bod ynddi yn ferch fach hefyd – Ysgol y Santes Fair ar Stryd yr Eglwys Roegaidd.

O'r eiliad y dechreuodd Betty ar y cwrs yn y coleg hyfforddi, gwyddai ei bod ar y trywydd iawn. Wrth gamu mewn i'r dosbarth y diwrnod hwnnw, a gweld y plant yn edrych arni'n eiddgar, gwyddai fod yr holl waith caled yn werth pob eiliad. A dyna deimlad anhygoel oedd gwireddu breuddwyd. Anadlodd yn ddwfn a cheisio storio'r eiliad arbennig honno ym manc ei chof, cyn dweud bore da wrth ei disgyblion.

Aeth y blynyddoedd heibio, a Betty erbyn hynny wedi dysgu mewn sawl gwahanol ysgol, ond roedd ysgol newydd sbon yn cael ei chodi yn y dociau, yn Nhre-biwt, lle'r oedd Betty a'r teulu'n dal i fyw.

"Wyt ti'n gwrando arna i, Betty?" holodd Rupert un gyda'r nos, wrth i'r cwpwl ymlwybro am dro trwy'r bae. "Ble mae dy feddwl di?"

"Hmm?" atebodd ei wraig. Roedd Rupert yn iawn – doedd hi ddim wedi bod yn gwrando arno! Yr ochr arall i'r ffordd roedd adeiladwyr wrthi'n brysur yn codi'r ysgol newydd, ac ers iddi glywed amdani, roedd Betty â'i bryd ar fod yn brifathrawes yn yr ysgol hon – ysgol oedd wrth galon ei chymuned.

"Edrych," meddai wrth Rupert, gan wasgu ei fraich yn dynn. "Dyna nhw'n rhoi bricsen arall yn fy ysgol i!"

Chwarddodd Rupert ac ysgwyd ei ben. "Wyt ti'n meddwl y basan nhw'n dy wneud di'n brifathrawes? Yn amlwg fe fasat ti'n un wych, does gen i ddim amheuaeth am hynny," meddai Rupert. "Ond, oes prifathrawes ddu wedi bod yng Nghymru *erioed* o'r blaen, Betty?"

A'r eiliad honno, cafodd Betty yr un teimlad yn ei bol ag yr oedd hi wedi ei gael sawl gwaith o'r blaen ar hyd ei hoes. Penderfyniad yn ffurfio ac yn setlo, yn tyfu ac yn chwyddo. Ac unwaith yr oedd Betty wedi penderfynu, wel ...

* * *

Rhoddodd Yasir ei law i fyny ac oedodd yr athrawes.

"Ia, Yasir?" gofynnodd.

"Mrs Campbell, dwi'n meddwl falle, falle mai chi yw Betty ... y Betty yn y stori?"

Ebychodd rhai o'r plant ieuengaf mewn syndod, a

gwenodd y rhai hynaf gan edrych ar ei gilydd, yn methu credu mai dim ond nawr roedd rhai yn deall hyn.

Nodiodd Betty Campbell ei phen.

"Rwyt ti'n llygad dy le, Yasir. Fi yw'r Betty yn y stori."

Edrychodd Yasir arni gyda llygaid mawr yn llawn parch, hapusrwydd ac edmygedd nes y gallai Mrs Campbell fod wedi gafael yn dynn amdano yn y fan a'r lle. Rhoddodd law gadarn ar ei ysgwydd.

"Ydych chi am glywed beth ddigwyddodd nesa, neu ydych chi'n gwybod gweddill yr hanes?"

"O plis, plis, gawn ni weddill y stori?" holodd y plant i gyd.

A nodiodd yr athrawes, cyn bwrw ymlaen.

* * *

"Betty, rho het am dy ben neu fe fyddi di wedi rhewi'n gorn!" meddai Rupert, cyn brysio at ei wraig i roi cusan iddi ar ei boch. "Dangos iddyn nhw pwy wyt ti," meddai, gan roi winc gefnogol iddi.

Roedd Betty a Rupert wedi cael plentyn bach arall erbyn hynny, ac roedd Stuart, Simon, Anthony, ac Elaine yn swatio'n braf ar y soffa, y chwaer fawr yn darllen stori i'r tri arall. Caewyd y llyfr am hanner eiliad wrth iddyn nhw weiddi "Pob lwc, Mam!" cyn ailafael yn y stori.

Pan gerddodd Betty i mewn i'r ystafell aros, chwarter awr cyn ei chyfweliad, suddodd ei chalon. Yno'n sefyll o'i blaen roedd un o'r merched eraill oedd yn ymgeisio am y swydd, ac roedd honno eisoes yn edrych fel prifathrawes, yn ei siwt grand, sgert hyd at ei phengliniau, menig taclus a sodlau. A dyna ble'r oedd Betty mewn côt laes at y llawr, a het wlanog am ei phen! Ond diolch byth, mae'n debyg bod beth oedd yn ei phen yn bwysicach na beth oedd *am* ei phen; ymhen ychydig ddyddiau galwyd Betty yn ôl am sgwrs.

"Mrs Campbell, hoffen ni gynnig swydd y pennaeth i chi, yn Ysgol Mount Stuart."

Rhoddodd Betty wên lydan, heb wneud unrhyw ymgais i guddio'i hapusrwydd.

"Diolch yn fawr iawn i chi," meddai, gan fynd ymlaen i dderbyn y cynnig. Yna, wrth gerdded allan trwy'r drws unwaith eto, tynnodd yr het dros ei chlustiau ac meddai wrthi'i hun, "Reit 'te, addysg amlddiwylliannol, dyma fi'n dod!"

* * *

"Esgusodwch fi, oes gennych chi eiliad?" holodd Betty y prifathro mewn ysgol lle'r arferai hi ddysgu.

"Ia, Mrs Campbell?" gofynnodd, gan hanner codi ei ben o'i bapurau.

"Eisiau holi oeddwn i, tybed fyddech chi'n hapus i mi gyflwyno ychydig o lyfrau a hanesion mwy amrywiol i'r plant."

Rhoddodd y prifathro ei bensel i lawr i wrando ar y cais annisgwyl hwn gan un o'i staff.

"Sorri?"

"Wel, teimlo ydw i bod holl gwricwlwm yr ysgol yn canolbwyntio ar bobl wyn – ar lwyddiannau, hanesion a bywydau pobl wyn yn unig. A thra bod y rhain yn bwysig, mae'n siŵr bod lle i gyflwyno rhagor o straeon, yn does? Am bobl o wledydd Affrica, pobl o India, o'r Dwyrain Canol, hanes yr Apartheid yn Ne Affrica? A hanesion difyr pobl ddu o Gymru? Am wahanol ddiwylliannau a chrefyddau?

"Fel arall, beth mae'r plant yma, sydd o bob lliw a chefndir, yn mynd i feddwl? Byddan nhw'n meddwl mai dim ond pobl wyn sy'n llwyddo, a dim ond pobl wyn sy'n haeddu lle yn y llyfrau hanes, ac ar y silffoedd llyfrau."

Meddyliodd Betty yn ôl i'w phlentyndod, lle'r oedd pobl o ddegau ar ddegau o wahanol gefndiroedd a diwylliannau a chrefyddau yn cyd-fyw'n gytûn yn y filltir sgwâr ryfeddol honno ym Mae Teigr.

Syllodd y prifathro arni'n syn. Cliriodd ei wddf cyn ateb.

"Tra 'mod i'n cytuno â'r syniad mewn egwyddor, does

dim modd i ni wyro oddi wrth y cwricwlwm gosodedig, Mrs Campbell. Fe wyddoch chi hynny. Mae'r syniad yn un clodwiw, ond anymarferol, mae arna i ofn. Dyna ni. Diolch i chi."

Ar ôl tynnu drws y prifathro ar ei hôl, rowliodd Betty ei llygaid tua'r nef ac ochneidio. Er ei bod wedi profi sawl un yn anghywir wrth ddod yn athrawes, gwyddai fod ffordd bell eto i fynd nes y byddai'n cael dysgu'r hyn a ddylai gael ei ddysgu i blant Cymru.

A'r diwrnod hwnnw, a hithau bellach yn brifathrawes yn Ysgol Mount Stuart, gwyddai Betty ei bod gam yn nes.

Pennod 16

Pennod Newydd

"Rachel Elizabeth Campbell, wyt ti am aros ar dy draed trwy'r nos?!"

Cododd Betty ei phen ac edrych i fyny ar ei gŵr. "Fydda i ddim yn hir. Dwi bron â gorffen!"

Doedd dim angen i Rupert ofyn beth roedd Betty'n ei wneud. Gwyddai'n iawn beth oedd yn ei chadw'n brysur bob gyda'r nos ar ôl rhoi'r plant yn ei gwlâu.

"Mae'n rhaid i blant weld pobl fel nhw mewn llyfrau, Rupert," meddai wrtho, wrth dorri a gludo am yn ail. "Fedri di ddim bod yn rhywbeth nad wyt ti'n ei weld. Mae'n rhaid iddyn nhw weld plant a phobl fel nhw, yn ddu, yn frown, â chefndir Arabaidd, Affricanaidd, Asiaidd, yn mentro, yn llwyddo! Yn gwneud gwahaniaeth ac yn cyfrannu. Mae'n rhaid iddyn nhw gael straeon positif am bobl sy'n edrych fel nhw."

Gwenodd Rupert. Roedd ei wraig yn un o'r bobl fwyaf penderfynol a gwrddodd erioed, a dyma un o'r pethau yr oedd o'n ei garu fwyaf amdani. Rhoddodd gusan ar ei phen a dweud wrthi am beidio bod yn rhy hwyr yn dod i'w gwely.

Ar ôl gorffen gludo'r lluniau ac ysgrifennu'r straeon i gyd-fynd â nhw penderfynodd Betty ysgrifennu stori neu ddwy ei hun i'w hychwanegu at y casgliad. Straeon am blant y dociau oedd y rhain, am anturiaethau byw ym Mae Teigr, yn Nhre-biwt, yng nghanol y gymuned amrywiol, arbennig hon.

Meddyliodd yn sydyn am yr athrawon oedd wedi gadael, y rhai a wnaeth wrthod dysgu yno mwyach, wedi iddi gael ei phenodi'n brifathrawes. Doedden nhw ddim am weithio gyda phrifathrawes ddu, gan honni mai'r unig reswm y cafodd ei phenodi oedd ei bod yn byw yn lleol. Wfft. Nhw ddylai ddarllen rhai o'r llyfrau hyn, meddyliodd!

Y bore wedyn roedd yn rhaid i Betty roi llaw dros ei cheg wrth ddylyfu gên. Roedd Rupert yn llygad ei le – byddai'n rhaid iddi fynd i'w gwely'n gynt. Ond anghofiodd am ei blinder wrth weld y plant yn dotio at y llyfrau newydd yn eu sesiwn ddarllen y prynhawn hwnnw.

A thyfu a thyfu wnaeth y llyfrgell. Bob tro y byddai Betty'n mynd ar ei gwyliau i Lundain neu America byddai'n dod â llond gwlad o drysorau adref gyda hi –

llyfrau a phosteri'n llawn hanesion a gwybodaeth am anturiaethau neu lwyddiannau pobl o bob math o gefndiroedd a diwylliannau.

"Betty Campbell, paid ti â meiddio rhoi mwy o lyfrau yn y cês 'na!" fyddai geiriau ei gŵr. Ond byddai Betty'n siŵr o roi rhyw un bach arall i mewn, gan wybod ym mêr ei hesgyrn pa mor bwysig oedd pob un o'r straeon hyn yn y gwaith o godi hunan-barch pob un o'r plant oedd yn eu darllen.

* * *

Edrychodd Mrs Campbell ar y dosbarth o'i blaen a gweld bod nifer ohonynt yn edrych o'u cwmpas fel petaen nhw'n sylwi ar yr holl bosteri a'r holl lyfrau yn iawn am y tro cyntaf erioed.

Cododd Natasha ei llaw.

"Ie, Natasha?"

"Dwi ddim yn deall un peth," meddai Natasha, cyn bwrw ymlaen. "Ydi plant mewn ysgolion eraill ddim yn gwybod yr un pethau â ni, felly? Ddim wedi darllen yr un llyfrau?"

Ysgydwodd Betty ei phen.

"Pwy yma all ddweud wrtha i pwy oedd Florence Nightingale?" gofynnodd yr athrawes.

Saethodd pob llaw i fyny. Aeth Betty yn ei blaen.

"A phwy yma all ddweud wrtha i pwy oedd Mary Seacole?"

Unwaith eto, saethodd pob llaw i fyny.

"Wel," meddai Betty, gan edrych ar Natasha. "Mi fetia i bunt nad oes llawer o blant eraill yng Nghymru yn gallu dweud yr un fath. Byddan nhw wedi clywed am Florence Nightingale, yn bendant, ond yn gwybod dim am Mary Seacole, y nyrs anhygoel o Jamaica."

Edrychodd ar y plant o'i blaen.

"Faint ohonoch chi all ddweud hanes yr Apartheid yn Ne Affrica, wrtha i? Am araith enwog Martin Luther King, a'r hyn oedd yn digwydd i bobl ddu yn y cyfnod hwnnw?"

Unwaith eto, cododd pob un plentyn ei law, hyd yn oed Siân fach a Yasir, a'r ddau mor ifanc.

Gwenodd Betty, cyn sylwi bod yr amser wedi gwibio heibio. "O, mae bron iawn yn amser cinio!" meddai, gan ddechrau sefyll ar ei thraed. "Dewch, i ffwrdd â ni i'r neuadd."

"Ond Mrs Campbell," meddai'r plant fel un. "Beth am y stori? Be ddigwyddodd nesa?"

Roedd eu hwynebau bach mor eiddgar teimlodd Betty eu bod yn haeddu ateb iawn, ac eisteddodd eto.

"Chi!" meddai, gyda gwên falch a'i breichiau ar agor

led y pen. "Chi, plant Ysgol Mount Stuart, chi ddigwyddodd nesa! Chi'n gwybod hanes Martin Luther King, chi sydd wedi ysgrifennu llythyrau at Nelson Mandela yn y carchar, a chynnal eisteddfod ysgol gan ganu yn Gymraeg, a chi sy'n gwybod am ddegau ar ddegau o ddiwylliannau gwahanol. Chi sy'n credu ynoch chi'ch hunain, ac yn gwybod bod unrhyw beth yn bosib i chi.

"Chi yw'r bennod nesa!"

Edrychodd y plant ar ei gilydd a theimlo rhywbeth yn eu boliau wrth sylweddoli eu bod nhw yn gymeriadau yn y stori anhygoel hon. Beth oedd y teimlad yna yn eu boliau? Penderfyniad efallai? Balchder? Stori Mrs Campbell oedd hi, ond eu stori nhw oedd hi hefyd.

Cododd pawb ar eu traed a cherdded am y neuadd yn llawn bwrlwm, ond rhoddodd Betty law ysgafn ar fraich Yasir a'i dynnu i'r naill ochr.

"Nawr, Yasir, beth petawn i wedi gwrando ar bawb sydd wedi dweud wrtha i nad ydw i'n ddigon da? Wedi dweud rhywbeth cas wrtha i? Beth petawn i wedi gwrando ar bawb ddywedodd wrtha i na allwn i – a minnau'n ddu – fod yn athrawes, yn brifathrawes? Hm?"

Edrychodd Yasir i fyw ei llygaid.

"Fyddech chi ddim yn fan hyn, Mrs Campbell, yn siarad gyda fi ac ar fin cael powlennaid o gawl." Chwarddodd Betty, cyn ysgwyd ei phen ac anfon y bachgen bach llwglyd i'r neuadd am ei ginio.

"A brysiwch i mewn ar ôl amser chwarae," gwaeddodd ar eu holau i gyd. "Mae gennym ni waith paratoi at yr eisteddfod – mae eisiau ymarfer dawns y blodau a'r coroni ar ôl cinio!"

Gwenodd wrth dacluso'r ystafell ddosbarth; doedd dim eiliad o ddiflastod yn yr ysgol arbennig hon.

Pennod 17

Y Rhod yn Troi

"A finnau'n meddwl y byddai gen ti oriau a dyddiau'n rhydd ar ôl i ti ymddeol, Betty Campbell," heriodd Rupert, wrth osod paned o goffi cryf ar y bwrdd o flaen ei wraig.

Cododd ei phen yn barod i gyfiawnhau'r gwaith papur o'i blaen cyn gweld ei wên ddireidus, a gwenodd yn ôl. "Ar fy llw, Rupert, bydd yn rhaid i mi ddechrau codi tâl am arwyddo ffurflenni pasbort. Mae'r gofyn amdanyn nhw'n ddi-ben-draw!" meddai, yn hanner tynnu coes. "A maen nhw'n gofyn i mi am eu bod nhw'n gwybod y byddai'r doctor yn codi ugain punt arnyn nhw am yr un gwasanaeth!"

"Wel, dyna'r pris rwyt ti'n ei dalu am fod yn un o hoelion wyth y gymuned 'ma, Betty fach. Be arall sydd gen ti ar y gweill heddiw?" holodd ei gŵr, gan eistedd ar y soffa a mwynhau cael cwmni ei wraig am funud, cyn iddi gychwyn allan ar ei pherwyl nesaf.

"Mae gen i ychydig o waith i'w wneud cyn cyfarfod nesa'r Pwyllgor Ymgynghorol ar Hiliaeth, ambell bapur i'w ddarllen ar gyfer hwnnw, ac mae Beryl Williams a'r teulu, wyddost ti, o Stryd Bute – maen nhw eisiau mynd dramor ond erioed wedi bod o'r blaen, felly rydw i wedi addo eu helpu nhw gyda'r trefniadau."

Ysgydwodd Rupert ei ben yn ôl ac ymlaen. "Wyddwn i ddim dy fod ti'n asiant teithio nawr hefyd!"

Chwarddodd Betty, yn mwynhau yr hen dynnu coes oedd wedi cynnal eu perthynas ar hyd y blynyddoedd.

Rhoddodd y ffurflenni pasbort mewn amlen a'u rhoi yn ei bag llaw. Wrth afael ynddo cafodd fflach o atgof sydyn o'r bag llaw coch gyda'r hugan fach goch arno, yr anrheg olaf iddi gael gan ei thad, yr un a adawodd ar ôl yn Aberdâr. Welodd hi fyth mohono wedyn.

Tynnodd ei chôt oddi ar y bachyn a rhyfeddu sut roedd ambell beth yn aros mor fyw yn y cof.

"Wela i di toc," meddai, gan lowcio gweddill y coffi a phlannu cusan ysgafn ar ben ei gŵr cyn tynnu'r drws ar ei hôl.

Roedd yn cerdded â'i phen i lawr draw at Ganolfan y Mileniwm. Dyna lle'r oedd hi'n mynd i gyfarfod Beryl Williams i drafod y trip. Roedd ei meddwl ymhell, wrth iddi bendroni tybed a allai hi fynd gyda'r criw a mynd i ymweld â Francine a'r teulu yr un pryd. Doedd hi ddim wedi bod ers tro byd, ond wedi cael sawl trip gwych draw at ei ffrindiau yng Ngwlad Belg dros y blynyddoedd.

A hithau'n hel meddyliau fel hyn, bu bron iddi gerdded yn syth i mewn i'r gŵr smart oedd wedi dod i stop wrth ei gweld.

"Mrs Campbell?"

"O bobl annwyl!" meddai Betty, gan arafu a chodi ei phen i weld pwy oedd yn siarad gyda hi.

Edrychodd arno am eiliad, ei chof yn troi fel top wrth geisio rhoi enw i'r wyneb.

"Yasir Hassan!" meddai'n llawn boddhad, wrth i'r enw ddod iddi'n sydyn. Y bachgen bach oedd wedi torri ei galon un diwrnod ar ôl i rywun boeri sylw hiliol ato, ac yntau'n ddim ond plentyn diniwed ar ei ffordd i'r ysgol. A dyma fo, yn sefyll o'i blaen rŵan yn ddyn ifanc, smart.

"Sut ydych chi, Mrs Campbell? Mae hi mor braf eich gweld chi!"

"Wel, a tithau!" atebodd Betty, oedd wrth ei bodd yn cwrdd â'i chyn-ddisgyblion. "Sut wyt ti'n cadw, Yasir? Beth yw dy hanes di?"

"Gartre am y penwythnos ydw i," meddai Yasir, gan daflu'i olygon draw at gartref y teulu yn is i lawr y stryd. "Dwi'n byw yn Llundain erbyn hyn."

"A beth wyt ti'n ei wneud yn fan'no?" holodd Betty.

"Dwi'n gyfreithiwr," meddai Yasir, ac er nad oedd hi'n

athrawes arno ers blynyddoedd maith, chwyddodd calon Mrs Campbell â balchder wrth glywed hyn.

"Wel wir, dyna ardderchog. Gwych, Yasir. Dwi'n siŵr dy fod ti'n un da wrth dy waith."

Edrychodd Yasir arni cyn ychwanegu, "Fyddwn i ddim wedi llwyddo hebddoch chi, Mrs Campbell. Wir nawr. Fe wnaethoch chi ein dysgu ni i gyd i fod yn falch o bwy ydyn ni, a dwi'n eich cofio chi'n dweud y gallen ni fod yn unrhyw beth dan yr haul os oedden ni'n ddigon penderfynol."

Rhoddodd Betty ei phen i un ochr a gwenu gwên dawel.

"Dwi'n cofio dysgu am gymaint o bobl ddu a'u cyfraniadau pwysig nhw. A wir, Mrs Campbell, dwi'n cofio meddwl un diwrnod, efallai fod gen i rywbeth i'w gyfrannu hefyd."

Rhoddodd Betty law gadarn ar ei ysgwydd.

"Da dy weld di, Yasir. Dwi, a phawb yn y dociau yma, yn falch iawn ohonot ti."

Ac ar ôl ffarwelio â Yasir, i ffwrdd â hi ar ei pherwyl nesaf, ei meddwl ar y posibilrwydd o drip tramor, a'r wythnos brysur oedd o'i blaen. Ond gwelai hefyd, yn llygad ei meddwl, fwrlwm y dyddiau a fu yn y dociau, yr holl hwyl a'r holl gariad, yr holl fywyd oedd wedi bod yn y filltir sgwâr arbennig hon.

Llinell Amser

1934 – Ganed Betty. Ei henw llawn oedd Rachel Elizabeth Johnson.
1939 – Dechrau'r Ail Ryfel Byd.
1941 – Anfonwyd Betty a channoedd o blant eraill yn faciwîs, o Gaerdydd i bentrefi yng nghymoedd y Rhondda. Aeth Betty at deulu yn Aberdâr.
1942 – Lladdwyd tad Betty, Simon Vickers Johnson, pan gafodd y llong yr oedd arni, *Ocean Vanguard*, ei saethu gan dorpido.
1942 – Daeth mam Betty, Nora Johnson, i nôl Betty o Aberdâr, a mynd â hi adref i'r dociau.
1945 – Derbyniodd Betty ysgoloriaeth i Ysgol Ramadeg Howard Garden, a newidiodd ei henw i Ysgol y Foneddiges Margaret tra bod Betty'n ddisgybl yno.
1953 – Priododd Betty â Rupert Campbell a chael pedwar o blant: Elaine, Anthony, Simon a Stuart.
1970au – Daeth Betty yn brifathrawes ar Ysgol Mount Stuart, yn Nhre-biwt, Caerdydd. Hi oedd prifathrawes ddu gyntaf Cymru.
1977 – Dyfarnwyd gwobr MBE i Betty am ei gwasanaethau i fyd addysg a'r gymuned.

1988 – Gofynnodd Nelson Mandela am gael ymweld ag Ysgol Mount Stuart a chyfarfod Betty yn ystod ei unig ymweliad â Chymru, er mwyn diolch i blant yr ysgol am ysgrifennu ato yn y carchar.

2015 – Dyfarnwyd gwobr gydol-oes i Betty gan Grŵp Aelodau Du Unison Cymru am ei chyfraniad tuag at hanes pobl ddu ac addysg yng Nghymru.

2017 – Bu farw Betty Campbell MBE ar 13 Hydref 2017 yn 82 oed.

2021 – Codwyd cofeb arbennig yn deyrnged i Betty Campbell yng Nghaerdydd. Hon oedd y gofeb gyntaf i goffáu dynes benodol yng Nghymru. Eve Shepherd wnaeth y gofeb.

Llyfryddiaeth ac Adnoddau

https://www.tigerbay.org.uk/

https://www.bbc.co.uk/teach/class-clips-video/history-ks2-an-evacuees-adventure/zk7hy9q

https://www.bbc.co.uk/programmes/profiles/1p7r3fkpsWTbQ9shCFh1QXc/betty-campbell

https://www.bbc.co.uk/news/av/uk-wales-49924149

The Tiger Bay Story, Neil M. C. Sinclair. Butetown History & Arts Centre, 1993

How I Saw It, Harry "Shipmate" Cooke. Butetown History & Arts Centre, 1995

A Tiger Bay Childhood, Phyllis Grogan Chappell. Butetown History & Arts Centre, 1994

Clip fideo o sgwrs roddodd Mrs Betty Campbell i'r mudiad Chwarae Teg

Ffilm *Tiger Brides*, gan Valerie Hill-Jackson, wedi'i chyfarwyddo gan Anthony Campbell, gyda Simon Campbell yn gyfarwyddwr ffotograffig

A Letter to Mrs Campbell, 2021, cynhyrchiad Gavin Porter ar gyfer BBC Radio Wales